中国当代诗歌赏读

林新荣　主编

九州出版社
JIUZHOUPRESS

图书在版编目（CIP）数据

中国当代诗歌赏读 / 林新荣主编 . -- 北京 ：九州
出版社，2018.2

ISBN 978-7-5108-6611-1

Ⅰ . ①中… Ⅱ . ①林… Ⅲ . ①诗歌欣赏－中国－当代
Ⅳ . ①I207.22

中国版本图书馆 CIP 数据核字（2018）第 025276 号

中国当代诗歌赏读

作　　者	林新荣　主编	
出版发行	九州出版社	
地　　址	北京市西城区阜外大街甲 35 号（100037）	
发行电话	（010）68992190/3/5/6	
网　　址	www.jiuzhoupress.com	
电子信箱	jiuzhou@jiuzhoupress.com	
印　　刷	成都市兴雅致印务有限责任公司	
开　　本	880 毫米 ×1230 毫米　32 开	
印　　张	10	
字　　数	270 千字	
版　　次	2018 年 2 月第 1 版	
印　　次	2020 年 1 月第 2 次印刷	
书　　号	ISBN 978-7-5108-6611-1	
定　　价	49.80 元	

序

在主编《中国当代诗歌选本》的时候，各类稿件蜂拥而至，令人眼花缭乱，打起十二分精神，才最后定稿，因为容量的问题，好多好诗没办法选入，那一种痛惜，没有亲历过的人，是没法理解的。《中国当代诗歌赏读》一书的征稿启事，虽然有很多人转载了，稿件也很多，但总有这样那样的原因，只能舍弃。这主要原因是诗歌赏析，除了诗好，赏析文章也要优秀，我们反对那些随意、敷衍的文字。这样一衡量，删除了不少。第二，要求赏析时，就诗论诗，不能故意拔高，更不能肉麻吹捧，有一说一，实事求是，能给诗歌爱好者起借鉴作用。这二点我们一开始就有默契。能给诗歌爱好者起借鉴作用，更是我们编选这部书的初衷。

当代诗歌，前几年发生了几件影响深远的事件，像"梨花体"、"羊羔体"事件，更有位傻子，认为现代诗歌没有存在的必要。其实车延高、赵丽华都是当代诗坛的代表诗人之一，他们都写过一些令人过目难忘的好作品——因为这些刻意的事件，诗歌还差一点被社会彻底边缘化，幸运的是同时也让诗歌成了社会议论的热点。经过这些事件后，那些浮躁的，想要在诗歌中得到什么的人，都走了。我想真正留下来的，都是切实喜好诗歌，爱好诗歌的人。诗坛也因此变得纯粹了：有心人开始坐下来，作认真地思考与梳理——这也是近几年让诗歌长足进步的根本——他们向下的姿势，接近深度，他们极有可能挖掘到黄灿灿的黄金。

因为是选本，我们兼容并蓄，但我们也不是毫无原则，我们

1

反对怪诗、奇诗与晦涩的诗。我们一直认为诗歌是人类情感的抒发和交流，是人类少有的美好之一。所以，诗歌应该具有一种精神的高度、人性的广度与思想的深度。它既是抽象的，又是具象的；它既是抵达的，又是超越的；它更是人类智慧的凝结，是能带着你灵魂飞升的。所以我们不希望它变成一部流派选本，结果就成这样了！

最后我们要说的是一本书的出版，总有这样与那样的遗憾，但还是希望广大读者能喜欢它。

林新荣

2014.3.18

目　录

1

2

3

5

大　解　原名解文阁，1957年生，河北青龙县人，现居石家庄。主要作品有长诗《悲歌》、小说《长歌》、寓言集《傻子寓言》，作品曾获首届中国屈原诗歌奖金奖，鲁迅文学奖等多种奖项。

北　风

夜深人静以后　火车的叫声凸显出来
从沉闷而不间断的铁轨震动声
我知道火车整夜不停

一整夜　谁家的孩子在哭闹
怎么哄也不行　一直在哭
声音从两座楼房的后面传过来
若有若无　再远一毫米就听不见了
我怀疑是梦里的回音

这哭声与火车的轰鸣极不协调
却有着相同的穿透力
我知道这些声音是北风刮过来的
北风在冬夜总是朝着一个方向
吹打我的窗子

我一夜没睡　看见十颗星星
贴着我的窗玻璃　向西神秘地移动

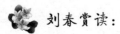 刘春赏读：

　　《北风》是大解的组诗《神秘的事物》中的一首，发表于2003年的《人民文学》杂志，这组诗后来获得了"人民文学奖"。"神秘的事物"这

个总标题，既暗示了作者思想的关注点，也表达了诗人对隐秘的事物的热情。"人民文学奖"的颁奖理由是：《神秘的事物》充分展示了诗人的睿智与经验，使诗人的内心律动与生存现状有机地结合在一起。这句话言简意赅，指出了大解诗歌的美学原则——从个人的经验出发，通过语言的构造，最终抵达一种旷远而博大的境界。

在随笔《语言和现实》中，大解写道："在现实和语言的双重的虚构背景下，人的存在变得模糊不清了，真实和虚幻混淆在一起。我的诗歌不是要去澄清它，而是去加深它的浓度，努力展现物理的和精神世界中的全景。"（《诗潮》2005年第一期）这是大解的诗观，也是解读大解诗歌的钥匙。有的人读诗，总希望作者告诉他诗歌的"中心思想"，在诗歌中要有格言警句，或者在结尾时要总结和提升。不能说这些读者的要求毫无道理，但那仅仅是诗歌的一种写法而已。更多的诗歌是考验读者的感受力和悟性的，需要用心去感悟，只有这样，才能从"虚幻"发掘出真实，从"物理"进入"精神"。

百年之后

——致妻

百年之后　　当我们退出生活
躺在匣子里　　并排着　　依偎着
像新婚一样躺在一起
是多么安宁

百年之后　　我们的儿子和女儿
也都死了　　我们的朋友和仇人
也平息了恩怨
干净的云彩下面走动着新人

一想到这些　我的心
就像春风一样温暖　轻松
一切都有了结果　我们不再担心
生活中的变故和伤害

聚散都已过去　缘分已定
百年之后我们就是灰尘
时间宽恕了我们　让我们安息
又一再地催促万物　重复我们的命运

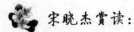 **宋晓杰赏读：**

　　心似狂潮。心如止水。当我在眼花缭乱的诗中"遭遇"它，一瞬间，眼眶悄悄温热，血液慢慢变凉，转而，说不出的安稳和宁静……

　　整首诗中，没有一个明确的"爱"字，然而，它又确是一首爱情的颂歌，是一篇关于大爱的乐章。平静的口吻，和缓的叙述，似默片，无声地展开……而呈现在眼前的，却是一种宠辱不惊的气度和虚怀若谷的风范。如果不是看尽了万物的枯荣、世事的成败、人情的寒暖；如果不是对生活着的人间的无上热爱，怎么会有如此淡定的情结？怎么会有如此坦荡、达观的姿容？面对这首凄美、温暖的诗，我看到了生的可贵、死的安详。或许，还应该对环绕于周遭的痛苦、烦忧、新愁旧伤，重新做一次反思和考量。

梁晓明 1963年生，1981年开始写诗，迄今未停。出版诗集《开篇》《批发赤足而行》。主编出版《中国先锋诗歌档案》。创办中国先锋诗歌同人诗刊《北回归线》。策划主办每年一届的"中外诗歌朗诵会"，已进行了两届。现在浙江某媒体工作。

挪威诗人耶可布森

我和树寂寞的时候

想起耶可布森

戴宽边眼镜的耶可布森

挪威一条冷清的大街上

独自散步的耶可布森

坐下来写几句阳光的诗

床上考虑播种的诗

喜欢看陶器上反射出来的光

喜欢写街边老人的手

关心森林里蚂蚁的生活

叫大海说话

轻一点的

挪威人

耶可布森

他说死

不是死

死是一缕烟

在空中

渐渐

散开的

透明过程

挪威人
耶可布森
在我寂寞的时候
就这样来敲敲我的门

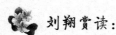 **刘翔赏读：**

在《挪威诗人耶可布森》的诗歌中，作者撷取了这位诗人的生活和诗歌的美好片段，通过耶可布森在"一条冷清的大街上独自散步"，"坐下来写几句阳光的诗"，"看陶器上反射出来的光"，"写街边老人的手"，"关心森林里蚂蚁的生活"，企图"叫大海说话轻一点"等细节，十分生动地反映出一位孤独、达观、富于同情心和具有儿童般纯洁心灵的诗人形象。尤其是第一节结尾："他说死/不是死/死是一缕烟/在空中/渐渐/散开的/透明过程"，通过耶可布森对死亡的诗意阐说，体现了他作为一个乐观诗人的精神本质。这种写法"不涉理路，不落言筌"，轻轻一点，一个挪威诗人的亲切形象就呈现在读者眼前，实在有"四两拨千斤"的高超技巧。诗的第三段与第一段开头的两句相呼应，点出了在"寂寞的时候"读书的"我"。诗中的"我"穿破了时间与空间中的栅栏，沉浸在耶可布森的透明世界之中。

"耶可布森/在我寂寞的时候/就这样来敲敲我的门"，这里的"门"已经虚化了，已经不是现实生活中的门，而是心灵的门扉了。这段诗歌也写得相当巧妙，既承上段未绝之余绪，又加以有力的超越，使一首短短的诗歌又在曲折摇曳之中更进了一层。

综而述之，此诗写得十分空灵，节奏自然流畅，如水的琴声一波波激起月光，给人一种美的沉思。作者既扎根于传统的肥沃息壤，又恩承现代西方文化的法乳，匠心独运，同时还显现出深厚的语言功力。确实，像这样晶莹明澈，清新可人的诗歌是颇为难得的。

林　莽　著名诗人，朦胧诗派代表诗人之一，白洋淀诗歌群落的主要成员。

立秋·读沃尔科特

一部《白鹭》为一个诗人画上句号
和我现在年龄相同时的诺贝尔奖获得者
在八十岁在生命的秋天
拥有了他保持荣耀的收官之作

因为对诗歌的爱而放弃
因为不忍心伤害而挥手的道别
让我看到了一个诗人赤诚的情怀

白鹭多么轻盈的名字
天使般地飞过山河与岁月
为遗憾也为逝去了的纪念
爱不可重建但美的所求凝聚
结为秋山之巅五彩斑斓的火焰

也许是一种巧合
在壬辰年立秋
这个暴雨与飓风成灾的夏日
酷暑仍在大地上徘徊
我从另一片大陆归来
曾经染色的白发渐渐呈现出它的本色
与立秋的暗合
让我有一种心安理得的坦然
这时我看见白鹭在飞

"它们像天使／突然升起、飞行，然后再次落下"

丝丝的银色如月光
如秋霜如芦花的白
是岁月是生命
是时间流水漂洗的纯净与明亮

在立秋时节
与一位大师的巧遇
隔着二十个春秋的门槛
我梳理以往和稀疏的白发
为美丽的飞行登高而望

 缪立士赏读：

这首诗有一个细节，我们不能轻易放过，即立秋。作者写作此诗与诗人沃尔科特获得诺奖时的年龄相同，都是六十二岁，处于人生之秋。明于此，我们便能更好地理解。

全诗共六个小节，前三小节主要是赞扬了诗人沃尔科特在八十高龄完成收官之作，一个诗人的赤诚情怀。叙述简洁生动，饱含着作者对一个异域诗人的敬佩之情，还有一丝人生的无奈和遗憾。

四、五小节作者详细描述了自己在壬辰年立秋，从另一片大陆归来之后，阅读沃尔科特的情景和感受，既有写实，又有想象，语言自然平易，却不失生动与空灵。一系列比喻歌咏"白鹭"，不仅写其形，也状其神，贴切空灵，倾注了真挚的情感。

最后一节只有短短的五行，但意蕴丰赡，是全诗的灵魂。前三行，作者的情思从上一节的玄想中收回，轻轻地带出眼前之事。"隔着二十个春秋的门槛"，在写实中，蕴含着作者深沉的慨叹，也自然地引出最后两行诗句。作者反观自身，回顾往昔，梳理白发，表示愿意继续"为美丽的飞行登高而望"。"美丽的飞行"既可指诗人沃尔科特，也可指精深的诗歌艺术。"登高而望",写出了作者无限的向往之情和不断探索的愿望。熟悉作者的人都知道,林莽先生是一位为人谦和,在诗艺上不断探索并已取得丰硕成果的诗人。在这里,作者站在人生之秋对自己进行了一次回顾和展望,充满了积极奋进的精神,可谓是作者人生贴切的写照。

诗者,吟咏情性也。林莽先生的这首诗可以说,就是借歌咏异域诗人,来表达自己真挚的愿望。全诗描述生动,脉络清晰,平和温婉,自然灵动,体现出诗人内心的透彻和澄明,其妙处"莹彻玲珑,不可凑泊"。

李少君　著名诗人，《诗刊》副主编。1967年生于湖南湘乡，现居北京。

神降临的小站

三五间小木屋
泼溅出一两点灯火
我小如一只蚂蚁
今夜滞留在呼伦贝尔大草原中央
的一个无名小站
独自承受凛冽孤独但内心安宁

背后，站着猛虎般严酷的初冬寒夜
再背后，横着一条清晰而空旷的马路
再背后，是缓缓流淌的额尔古纳河
在黑暗中它亮如一道白光
再背后，是一望无际的简洁的白桦林
和枯寂明净的苍茫荒野
再背后，是低空静静闪烁的星星
和蓝绒绒的温柔的夜幕

再背后，是神居住的广大的北方

 李黑赏读：

　　曾记得海子写过一首《德令哈》，当时风靡一时，因为他想念"姐姐"。

　　而少君诗人的这首诗，我认为已超越了想"姐姐"的境界。两位诗人的立足点相似，背景也相似，但诗的境界却相去甚远。一个想的是姐姐，只是一种小爱而已；另一个想的却是"神居住的广大的北方"，也就是整个世界，这就是大爱了。

诗人站在寒夜的北方小站，小如一只蚂蚁。但是，你别小瞧这一只蚂蚁，他可是真正的"人大代表"哟。此刻，他独自承受凛冽孤独，但内心安宁。内心安宁，才会体验到孤独的小站是神降临的小站，小站不小；内心安宁，才会有憧憬，向往那神居住的广大的天地；内心安宁，才会看到从小站通往神的大天地的道路——要经过严酷的黑暗，要经过横挡着的拦路虎，要经过亮如白光的激流漩涡，要经过枯寂的苍茫荒野，甚至要经过那浩渺闪烁的星空……

诗人串联了六个"背后"一词，一气呵成，给人搭起一架通往神的广大天地的云梯，使人一步一层楼，一步一境界，一步一精神。"三五间小木屋/泼溅出一两点灯火"，这是燎原的星星之火，这是神的指路明灯，这是人心所向的神的愿景。

伟人毛泽东曾在艰苦卓绝的革命年代号召国人："人是要有一种精神的"。他最终带领人民凭着这种精神成就了伟大的革命事业。而这一首诗的核心，就是诗人以诗向我们呐喊，人要有一种精神，才能踏过所有的坎坷与曲折，抵达人间天堂。

隐　士

隐士，就应该居住在像隐士藏身的地方
寻常人轻易找不着
在山中发短信，像是发给了鸟儿
走路，也总有小兽相随

庭院要略有些荒芜杂乱
白鹅站立角落，小狗挡住大道
但满院花草芳香四溢
宛若打开了一大瓶香水

然后，就像你所知道的
房子在水边，船在湖上
而那些不时来探访隐士的人
心，飘到了云上

李黑赏读：

在世界四大文明古国之一的中国，因隐士族的不断发展壮大，已经产生了灿烂的隐士文化，它对提升民族精神的素质，提高民族精神的地位，起到了举足轻重的作用。尽管绝大多数人并未过上隐士生活，而他们从思想深处都已倾向于隐士精神。随着工业化对生态环境的肆意践踏，特别是城镇生活矛盾的日益激化，人们对隐士生活的向往更趋急迫。

因此，诗人及时捕捉到人们希冀隐士生活的这一信息，便以诗先行，为人们打造了一个隐士理想的归宿。"隐士，就应该居住在像隐士藏身的地方 / 寻常人轻易找不着"，诗一开头就给人洗脑，让人端正心态，有一个正确的隐士理念。是的，如果连寻常人都能轻易找到隐士藏身的地方，那也就不叫真正的隐士了。对隐士的居所的定义，其潜台词就是期盼人们的人生观、世界观、价值观务必从根本上得到彻底的净化。

诗人以原始的运作方式搭建出隐士小窝，在这里，你可以给鸟儿发短信，与小兽散步。你可以在水边的房子里做梦，在湖上的船舷上垂钓。你可以接见心心相印的志同道合者，以心换心，让友情比桃花潭水还深，让快乐比蓝天白云还高，让那远方的鸿儒、白丁因妒忌而瘦，因美慕而疯。

匈牙利作家艾斯特哈兹·彼得说，"诗歌不是要我们保持一种不正常的状态，而是告诉我们自由。"请看，诗人的这首隐士之作，基本上完成了诗应该完成的这一使命。

寺　院

金黄的油菜花包围的寺院

也在洁白的玉兰花的笼罩之下
墙角的一枝枝桃花艳夺魂魄
即使在明丽的晴日里
也抵挡不了精神的虚空

山间溪水与岩石夜夜相扣，溅起清响
清晨起来，轻雾一缕一缕漫入寺院
虚无亦一丝一丝侵袭心灵
窗外，是虚空之上叠加虚无
窗内，是虚无之中涌现虚空

李黑赏读：

我猜想少君诗人过上"隐士"生活后，还不满足，却想入非非，梦游寺院。从环境的角度来审视，寺院的环境比隐士的环境更胜一筹。寺院是佛教传教的场所，除具有"隐士"的优美的自然环境外，其建筑与官府、宅邸、祠堂如出一辙，气势磅礴，应有尽有。这是"隐士"不具备也拒绝具备的"硬件"。

但是，寺院的"硬件"再硬，精神却是虚空无比。打拳打穴位，诗人精准的击中了寺院的软肋——"窗外，是虚空之上叠加虚无/窗内，是虚无之中涌现虚空"。顾名思义，佛的意思是"觉者"，发现所谓的生命和宇宙的真相，然后超越生死和痛苦，抛却一切烦恼得到解脱。而随着社会的进步，人的意识的更新，对生命和宇宙的真相具有了科学的认识。因此，明知是空虚，决不会认作充实。所以，诗人一针见血、铁面无情地曝光寺院的空虚，是无可厚非的，值得击掌抱拳。

寺院如此，而那些近似寺院的地方，又何尝不是如此呢。这就是诗的潜台词，也是诗人的高妙之处。比如，那些道貌岸然之人，那些贪官污吏之人，那些搜刮民脂民膏之人，那些奸商坑蒙拐骗之人，以及那些二奶四奶八奶之人，难道他（她）们的精神不是虚空之上叠加虚无，虚无之中涌现虚空吗？回答将是百分之一百二十的肯定！

人要生活得充实，并非是在于物质生活的满足，关键是在于精神生活的丰实。正如法国著名作家巴尔扎克所说："精神生活与肉体生活一样，有呼也有吸：灵魂要吸收另一颗灵魂的感情来充实自己，然后以更丰富的感情送回给人家。"怎样才能做到精神生活与肉体生活一样呢？不仅要像古代诗人屈原那样，"路漫漫其修远兮，吾将上下而求索"，而且还要像诗人少君这样，不因空虚而遮慧眼、蒙慧根。

车延高　男，汉族，1956年2月出生于山东莱阳，研究生学历，经济学博士。曾任武汉市委常委，市纪委书记。

那个洗衣服的人呢

一直忘不了她洗衣服时的模样
白净的腿泡在水里
一缕秀发在额前打秋千
她像画里的人
那口水塘为她照了许多相片儿
有她撩了头发拭汗的一条手臂
有她在水面上走动的一双眼睛
有她一对酒窝儿里停留的三月
还有她在塘边晾衣服时那一节身段儿
也许水塘是一处美丽的集中地
她的魂灵选择了干净的归宿
是自愿去的，为救一个落水的孩子
她被捞起时，裸露的地方很白
像幡纸
一塘的水都在哭
我也在人群里哭
我觉得村子又可怜了
从此丢了一个漂亮的姐姐
我现在回来还是去塘边转转
有时会在她坐过的青石上坐坐
水一如从前，一层一层浮了过来
那个洗衣服的人呢？她来过吗

邹建军、甘小盼赏读：

这首诗回忆从前在乡下的生活，那个早已经不在人世"姐姐"，成为了抒情主人公童年或少年记里的亮点。虽然没有具体的描写与叙述，从她在河边生活的几个片断，就可以看出她美丽的外表与纯洁的内心，也许是实有其人，也许只是一种想象。有一点像一幅人物素描，诗人却是相当用心的：从头发到双脚，从手臂到眼睛，从身段到酒窝，都被诗人以画龙点睛的笔法，将其整个人的身材与心灵都完整地表现出来了，我们在不得不向往他笔下的这位乡下女子的同时，也佩服诗人的才能——他的视角、语言、构图与色彩。当然，这位乡下女子之所以美不胜收，主要还是在于她为了去救一个孩子，而在此水塘失去了自己年轻的生命，让生前所有的美与她同在。水塘不仅是一面镜子，成为了一代美人的证明，同时也就是美的本身，美的所在。诗人把她生活的时间放在了从前，也许已经过去了很多年，但主人公一直没有办法忘怀，所以，每一次回去都要到她坐过的青石上坐一坐，望一望水面，都从来没有发现她的任何影子，时间的距离正是美之所以产生的重要因素。最后"那个洗衣服的人呢？她来过吗"，似乎成了一种哲学式的追问。故事简单，情节曲折，以情境胜，以意境出，所以让读者总是走不出来，只能与诗人同感与同悲。语言简洁，虚实相生，诗情充沛，意趣横生。因此，自然是一首相当有力的诗作。

终止一次生与死的拔河

母腹，我从前世过来的第二个客栈
是蜗居混沌的一世王朝
我做过真正的孤家、寡人和朕
宫殿里没有一点摆设，我叫它子宫
恒温36.5度
浮生的海看不到岸，只有羊水

不认识天空、风和白帆
破世那天
另一个世界传来声嘶力竭的叫喊
我驾行的时空隧道变形
紧张绷着脸，靠在出口的左边
痉挛撕扯自己，倚在出口的右边
我虫子一样，唯一的意识是母亲痛苦
疼痛和虚汗是她不愿保留的权利
于是我用嘹亮啼哭剪断脐带
终止了一次生和死的拔河
那一世的门关了
胎衣，是生在者脱下的一件寿衣
我躺在一片虚弱的微笑里
不知道谁教我吃了第一口奶
不知道用多大的力气睁开天真无邪的眼
成了自己的神
今天，当一阵秋风白了我的须发
我没抖，站在一片叶子的悲容里
开始究根问底
相对于死是不是一个人的生
相对于生是不是另一个人的死
轮回啊，你不要开口
我希望时间为我施舍一次守候，长一点
让我明明白白想下去
悟透了，毫不犹豫
用一只没有仇恨的手抓住死亡
平静一笑，把它活活掐死

邹建军、甘小盼赏读：

一看诗的标题，就有一点吓人，谁可以终止一次生与死的拔河？当然，是抒情主公自己。从诗中可以看出来，"我"已经须发斑白，然而他一直在思考生与死的问题，却一直也不明白，人为什么而生，又为什么而死？生与死之间到底有没有界限？为什么有的人说人世间存在生与死的轮回？整首诗就是从这里开始的。然而，诗作却没有从此写起，而是从自己的来历写起。于是，抒情主人公回想起自己是如何来到这个世界上的，于是把这个过程写得风生水起、惊心动魄，远远超出了我们的感觉与想象。自我的感觉是如此真切，对于母亲的深爱与对于世界的认识，也是那样的不可思议，构成了抒情主人公对于生的看法。然而现在已经到了人生的暮年，却不愿意离去，可是又不得不离去，于是提出了一个哲学问题，全诗所探讨的就是这个哲学命题。探讨的结果就是"用一只没有仇恨的手抓住死亡／平静一笑，把它活活掐死"。这个意象是相当奇特的，甚至还有一些神秘。其实，像这样的意象在诗里是比比皆是，可见诗人创造意象的能力何其了得的。意象的创造来自于高度的想象力，如"紧张""痉挛"本是表现人之感觉的虚词，诗人却将其形象化为自己来到这个世界时站在左右的两个门卫，也是一种从来没有过的创设。总体上的想象是将自己当成了帝王，所以才有后来的一系列意象。如果说前一首诗主要表现的是柔弱之美，那么此首诗主要表现的是刚毅之美，具有一种深厚的哲学意味，而人生的坚强与崎岖则是其主骨。

昭君下马的地方

把新年的花香搁在草尖上
一匹马就代表草原
一滴露水就能放大太阳
不要向导，也不用翅膀
一朵玫瑰在翻越冰封的脊梁
雪莲已摘了雪绒绒的帽子
举起的手，是一种微笑

冰川流泪了，那是一条五月河
可以感动和亲时的容颜
日子眼里，风和云已经和睦相处
这里没有远方
每一座山都是毡房的背景
那些省略不去的汗水
流成了今生今世又一条长河
昭君下马的地方
骑着历史的石头还在说话
草是当年的绿
花有过去的香
一群牛羊不认识今天
埋着头，谦虚谨慎
在一丝不苟的时间里饮水思源

 邹建军、甘小盼赏读：

　　这首诗写的也是一个女性，不过不是当今时代的女性，而是已经成为历史人物的王昭君。王昭君乃湖北秭归美女也，可是被皇宫选中送到了漠北去与匈奴和亲。诗人没有描写这个时代的历史背景，也没有叙述整个的故事，而只是选取她在陌生之国下马的地方进行集中展示，从而表现了她作为女性的大气与稳重，同时也造成了一个沉重的历史悲剧。诗中的意象，当然是根据蒙古草原的特定风光而创造的，以多个意象而组合的意象群，构成了一种难得的意境。诗人所有对于其命运的同情与理解，都通过自然景象得到了生动而深致的传达。昭君的美与纯，通过诸多不平常的色彩意象得到了表现，如"绿""香""雪莲""玫瑰""冰川""太阳"等意象，都具有很强的表现力。全诗最让人动情之处，是在诗的最后，那一群并不认识今天的牛与羊，总是埋着头在那里"饮水思源"，这就让动物也沉浸在古人的悲剧里了。此诗与诗人的其他作品一样，总是有诗人自己的影子存在，并且那样一种与生俱来的风趣与机智，通过俏皮的语言，得到了生动的表达与全部的保存，并且以此为基础，形成了自己独立的艺术风格。

杨　克　广东省作家协会主席，作品杂志社社长，北京大学诗歌研究院研究员，中国作家协会诗歌委员会委员，中国诗歌学会学术委员会委员。

在商品中散步

在商品中散步　嘈嘈盈耳
生命本身也是一种消费
无数活动的人形
在光洁均匀的物体表面奔跑
脚的风暴　大时代的背景音乐
我心境光明　浑身散发吉祥
感官在享受中舒张
以纯银的触觉抚摸城市的高度

现代伊甸园　拜物的
神殿　我愿望的安慰之所
聆听福音　感谢生活的赐予
我的道路是必由的道路
我由此返回物质　回到人类的根
从另一个意义上重新进入人生
怀着虔诚和敬畏　祈祷
为新世纪加冕
黄金的雨水中　灵魂再度受洗

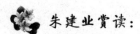　**朱建业赏读：**

　　诗人杨克的诗是丰富而多元的，可以说千变万化。其中城市诗歌无疑是杨克诗歌里非常重要的组成部分。这首诗在杨克城市诗歌中别具一格。

与其他作品不同的是，这首反映了诗人希望能介入城市生活，去理解、去感受、去融入这现代城市物质生活中的一种心态，并以一种平和宽容的心审视和升华城市生活。

首先，标题"在商品中散步"就体现了诗人一种豁达、闲适的心境。其次，在散步的过程中，虽然"嘈嘈盈耳"，但"我"缓缓漫步，"生命本身也是一种消费"，是啊，生命本来就是物质的，我们每个人都是欲望的产物，身体上每个器官都是为了欲望而存在，又何必拒绝欲望！"无数活动的人形／在光洁均匀的物体表面奔跑"，人们忙忙碌碌，匆匆的脚步踢出时代快速向前的风暴，这样"大时代的背景音乐"里，"我""心境光明 浑身散发吉祥"，似乎出污泥而不染，"感官在享受中舒张／以纯银的触觉抚摸城市的高度"，享受商品带来的感官刺激，触摸城市的高度，又似乎在安抚躁动不安的城市。再次，诗人开始思考。这个崇拜物质的世界就像"现代伊甸园"，商品也是能实现我愿望的庇护所啊，金钱本身不好不坏，我们为什么要把它当成万恶之源呢，是人心坏金钱才坏！所以，"我"接受物质的赐予，把它当作"必由的道路"，"我由此返回物质 回到人类的根"，要知道精神是神性的，物质才是"人类的根"，所以"我""从另一个意义上重新进入人生"，"怀着虔诚和敬畏 祈祷"，"黄金的雨水中 灵魂再度受洗"，全然地接受，甚至把金钱物质当成洗礼灵魂的工具！这真是一种很高的"看山还是山、看水还是水"的哲学境界。六祖慧能曰：烦恼即菩提；诗人杨克曰：物质和欲望也是净化灵魂的工具，真是有异曲同工之妙！

这首别具一格的城市诗歌意象简洁而又意境深邃，如白描，更似工笔，细节灵动，意犹未尽，充满智慧的思辨，这样的诗不可不读！

雷平阳　1985年毕业于昭通师专中文系，现居昆明，供职于云南省文联。一级作家，享受国务院特殊津贴专家，全国"四个一批"人才，云南有突出贡献专家，云南师范大学特聘教授。

杀狗的过程

这应该是杀狗的
唯一方式。今天早上10点25分
在金鼎山农贸市场3单元
靠南的最后一个铺面前的空地上
一条狗依偎在主人的脚边，它抬着头
望着繁忙的交易区。偶尔，伸出
长长的舌头，舔一下主人的裤管
主人也用手抚摸着它的头
仿佛为远行的孩子整顺衣领
可是，这温暖的场景并没有持续多久
主人将它的头揽进怀里
一张长长的刀叶就送进了
它的脖子。它叫着，脖子上
像系了一条红领巾，迅速地
蹿到了店铺旁的柴堆里……
主人向它招了招手，它又爬了回来
继续依偎在主人的脚边，身体
有些抖。主人又摸了摸它的头
仿佛为受伤的孩子，清洗疤痕
主人的刀，再一次戳进了它的脖子
刀道的位置，与前次毫无区别
它叫着，脖子上像插上了
一杆红颜色的小旗子，力不从心地

蹿到了店铺旁的柴堆里
主人向它招了招手，它又爬回来
——如此重复了5次，它才死在
爬向主人的路上。它的血迹
让它体味到了消亡的魔力
11点20分，主人开始叫卖
因为等待，许多围观的人
还在谈论着它一次比一次减少
的抖，和它那痉挛的脊背
说它像一个回家奔丧的游子

辛泊平赏读：

这是一首震撼心灵的诗。在雷平阳笔下，一只狗，用它的鲜血改写了人脆弱的信任。那条被主人谋杀的狗，一次次逃离屠杀现场，又一次次爬回屠杀现场，同谋者只有两个，一个是狗信任的主人，一个是狗无边辽阔的忠诚。也就是说，被屠杀的对象亲自参与了这场屠杀。这是一种让人心灵不安的屠杀，是不同于悲壮殉国或殉情的惊心动魄，它接近恐惧，粉碎善良。

这首诗不同于雷平阳的其他作品，在那些与家乡有关的作品里，雷平阳是柔软的、舒缓的。而这首诗却犹如一段杀机四伏的短片，不在乎语言的细致，更注重叙述的紧张。应该说，雷平阳控制得很到位，细节到位，情节完整，读起来并没有多余的成分；似乎没有技巧，但技巧就在心中。这样的力量，注定让读者无法忘怀。

伊 甸 浙江海宁人。中国作家协会会员，浙江省作家协会诗歌委员会副主任。出版诗集《石头·剪子·布》《黑暗中的河流》，散文集《疼痛和仰望》《别挡住我的太阳光》，小说集《铁罐》。作品选入《新中国五十年诗选》《八十年代诗选》《90年代实力诗人诗选》《感动中学生的100篇散文》等上百种选本。现居嘉兴。

吹进身体里面的风

小时候，风能吹倒我的身体
但吹不进身体里面去

长大后，风吹不倒我的身体
却能一点点吹进身体里面

中年时，风吹进了骨头
有时我听见骨头里飞沙走石的声音

风正在一点点吹进我的灵魂
等到灵魂灌满了风，我要在灵魂的壁上

戳一个洞，"呼——"
把自己的身体吹得杳无踪影

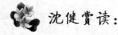 沈健赏读：

　　生命的历程就是一个层层递进的方程式，灵魂的成长与肉体的衰老正好成正比，骨子里飞沙走石、布满自然与社会内容的时候，正是肉体摇摇欲坠之际。"吹进灵魂的风"，为理解"衰老的正午"提供了诠注与参考，是生命应对种种"火灾"的审美细雨。

风是诗人们喜欢用的一个意象。"我麻痹的灵魂要向它飞去，好让我呼吸故乡的薰风"，叶赛宁渴望的是自由主义的爱情之风；"好风不吹两遍，百思能炼纯金……崭新的思想在一切之废墟之上诞生……啊！让它们震颤吧，让它们震颤吧！……让它们的锐利将我们激励！犹如那浸了松脂的弦索被乐师的指尖弹奏……"佩斯的风是比风还广阔、比风还自由的创造之风；"主啊！是时候了，夏日曾经盛大。把你的阴影落在日晷上，让秋风刮过田野……"里尔克吁请与恳求的风中，饱含了对生命完满之际灵魂无可皈依的孤独和迷惘，满载着超越自然秩序，抵达上帝神性的渴望。吹进伊甸身体里的风，既有秩序的压抑，也有现实人生的宿命，更有俗世的人向超凡的神修炼进程中的无奈与怅惘，一种超越一切的自由之吁请，一种趋于永恒的恳求，一种对神性的憧憬。在灵魂的壁上戳一个洞，让伟大的自然把自己回收茫茫宇宙中去，实乃生命化境：消失即诞生，瞬间即永恒。

沈天鸿 男,安徽望江人。作家,1982年毕业于安徽师范大学中文系。著有诗集多部。

编 钟

灰尘。久已搁置的编钟
声音的梦谁也不能将它变黑
我看见青铜之韵
在死去的流水和杏花之上
涌出楼头落日,黑夜和天空

反复穿透我,不灭的灰烬
来自废墟的奔马
从编钟的等待中被取出
发出几乎是我的叫声
但那击动编钟的是谁的手?
人们已经倦于
在空气中飞翔

不必登高。在高处守望的
风已去,再也没有
类似编钟的事物可以埋葬
辉煌的沉寂,旧日的青铜之梦
冲向悬崖
在那里获得
猛坠虚空的平衡

七星宝剑赏读：

《编钟》写于20世纪90年代，其思想深度、表述沉着、手法现代均不输于任何当代大家——

"声音的梦谁也不能将它变黑"这一句的味道不单单是诗歌的味道。它可以超越时代，即便是大诗人，当代很多厉害角色，是否能有这样穿透的句子一下子就抓住灵魂，并且总领全诗骨骼，怕是不多的。

"来自废墟的奔马／从编钟的等待中被取出"这两句硬生生要从尘封中剥离出生命，"取出"二字准确而淡然，不是那种拼命也要惊人的样子，但恰恰命中。

末段在重现梦之后的结局，耐人寻味。"猛坠虚空的平衡"这句将全诗的平静——从外部向内看去的冷静——一下子击穿。

这个作品放在任何时代、任何大家面前都不逊色。这可能不只是我说。

上面的感言是我最初阅读这个作品时写下的，现在重新来读过，再一次被作品震撼，作者对作品整体把握得如此紧凑，全篇一个多余的字都没有，我甚至不能从中挖去诸如"的""之"这样的虚词，在最后，收束得干净利落。在第一段和最后一段，开始都用了句号，坚决而彻底，也是不能更换的。

荣　荣　女，20世纪60年代出生，浙江人。中国作协会员，鲁迅文学奖获得者，《文学港》杂志主编。

爱地理

作为一粒飘荡太久的浮尘
我要从头开始　学习地理
从地到理　从感性到理性
它的方圆　经纬
它的地磁　极光
它的山水脉络　它的洋流逆回
新知识多么激动人心
我管窥蠡测　写下一个人的地理志
用泪水解读它的草原
用身体融入它的四季
在它的辽阔里性情着
然后　我继续做我的浮尘
继续飘荡　但不再盲目

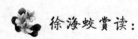 徐海蛟赏读：

　　《爱地理》看似一个小女人的小志向，其实深不可测，它是女人的管窥蠡测，是诗人的管窥蠡测，更是哲人的管窥蠡测。字里行间，诗人心思精妙，用诗句打通了时间和空间的界限。从南到北，由东及西，从河流到山川，从草原到四季。她在写地理，更在写心灵的走向。最后你分不清这是在现实里行走，还是在梦想的高度上舞蹈，你也分不清这是情感的纹路还是理性的经纬。只是惊诧：原来在诗人眼睛里，辽阔的土地，千里的河山是可以用这样的面貌进入文字的。《爱地理》跳出了题材给人的束缚，让人相信诗人有能力让笔抵达各样的角落。万事万物皆

可入诗，只要精妙的匠心，即便一颗浮尘，也有自己的万里疆域。

　　由此我深深感觉到荣荣近期的写作突破了更多阻碍，她常常在那些看起来不能为诗的地方作诗。她也常常顺手拈来，在三句两句里解读生命况味。有时跟荣荣通电话，会聊到她的诗，她总说提提缺点吧。我开玩笑，怎么你的诗越写越短了？荣荣便调侃，年岁渐增，气息越来越短，没写几句就接不上来了。我说：儿女情长，英雄气短，可见你的功夫越来越接近英雄气概了。确实，衡量一首诗一定不能以行数多少定论，《零碎》里的作品都是精短小诗。但细细想来这并不是偶然的，荣荣是自觉自愿地维持着这样的"小"，她努力地将句子写到再无水分，也努力地在"螺蛳壳里做道场"，在米粒上雕刻。荣荣曾在她的创作谈《我的阅读，我的现实，我的诗》里提到诗人的写作题材问题："大作家写大现实，小作家写小现实。大千世界，每个作家都不可能去写鸿篇巨制，更多的作品只能取一瓢饮。以小见大，微言大义，几句话里说乾坤，就显出作家的功底和阅历，及对世界的一种透彻的把握。那也很了不得。"由此可见出荣荣的诗歌理想所在。

桃花劫

突然　有人问起我的桃花

一辆灰扑扑的车斜插过来
我急踩刹车（那年的桃花
扑到窗前　情多最恨花无语
三分春色二分愁）

无边无际的艳丽
无边无际的怅惘
一个顽固的抵制者
多情的剑刃无情的盔甲

总会有一朵为我不着边际地开吧
就那样开着好了
人生不相见，动如参与商

 徐海蛟赏读：

　　这首诗里，我们看到了诗人的欲说还休，也看到了诗人智者般的狡黠一笑。这里的"桃花"既可以是一种情缘的征兆，又可以是一个爱人的昵称，还是一种高出世俗的姿态，也是在庸常生活里的一份念想。总之它看起来含混不清，就像含混不清的春天，就像不能随意说出的爱情。但诗人的内心是清通的，她比谁都懂人情世故，比谁都明确时光沉淀下来的那些曲折意味，比谁都知悉人到中年后那种欲进还退的尴尬。"我急踩刹车／那年的桃花扑到窗前……无边无际的艳丽／无边无际的怅惘／一个顽固的抵制者／多情的剑刃无情的盔甲……"显然诗人已到了人情练达的境地，中年的情感是什么？一辆急驶的小车。你不能漫无目的地开，也不能到高速路上狂飙，你不能一边开车一边看窗外的风景，这时即便一枝艳丽的桃花斜插过来，可你的心却不容许旁逸斜出，你还得踩刹车，还得掏出那个外表坚硬的盔甲。可是你的心呢？分明期待着呢。期待着又怎样？你只是个赏花人。"远看山有色，近听水无声。春去花还在，人来鸟不惊。"是的，你必须是那个一脸沉静的看花人，而不能身临其境，更不能流连忘归。这是什么样的尴尬呢？是时光和世俗夹缝中进退两难的尴尬，诗人用一个看似轻描淡写的画面就将这一切倾吐了。

马永波 1964年生，当代诗人，学者，翻译家，文艺学博士后，《读者》签约作家。1986年起发表作品，迄今共出版著译近70部，系英美后现代诗歌的主要译介者和研究者。现任教于南京理工大学，主要学术方向为中西现代诗学、后现代文艺思潮、生态批评。

情 诗

隔着一张桌子爱你
隔着许多年代
新鲜的梦，呈现低潮的海水
纷纷的木花在手指下涌现
真实的海立在远处
像一块刨平的木板
隔着许多层衣服爱你
隔着唯一的海

屋顶比我们支起的头更高
明月比屋顶更高
我从各个角度爱你
隔着许多未清理的灰烬
我们同属于这扇门
随时都可能被推向严冬
屋子里是唯一一个夜晚
我们注定要离开
注定在一个时刻消失

隔着皮肤爱你
隔着夜晚爱你
隔着一阵阵风，盯视你

我在远方
隔着几张女人的脸
爱你，然后失去你

 涂国文赏读：

这首诗是诗人大学时代（1985年）的一首习作，诗歌的题目直截了当、不绕弯子——"情诗"，表露了青年人爱情的率真与直接。诗歌其实就是回忆冬日的一个夜晚，"我"与恋人（同学）在一间屋子里，隔桌而坐，一面检索爱的过往，陶醉在爱情的甜蜜里，一面又为爱情的前途隐隐担忧着。当然，我们也完全可以把它看成是一种隐喻，以"屋子"隐喻大学校园，以"严冬"隐喻即将步入的社会。

全诗的诗眼在一"隔"字。时空的距离，注定了这是一场艰难曲折的爱恋。先是课桌之"隔"，使"我"和恋人如隔一片大海，欲亲近而不得。紧接着是想象"我"和恋人步入社会后，两人天各一方，时空的距离，必将使爱情由清晰而变得混沌起来、模糊起来，"隔着许多年代""我在远方/隔着几张女人的脸/爱你"，由此，"我"的心灵深处，产生了"然后失去你"的深深的隐忧。那是一种无法跨越的"隔"，也可能是一种最终埋葬美好爱情的"隔"。一个"隔"字，道出了爱情中的十分艰辛、百样柔情、千般无奈、万种怅惘。

诗歌中最有趣，也最费人思索的，是"木花"与"海"两个意象。恋人就坐在"我"的身前，一张窄窄的书桌，此刻却宽阔得如一片汪洋大海，把"我"与恋人隔开了。"我"无意听课，两只手臂搭在桌面上，伸向恋人，想撩拨她，将心中的爱告诉她，却又不敢撩拨、不敢声响，千言万语，一齐汇集到了十个指尖上，开出满手指尖的花朵。那是沉默的语言的花朵，那是欲诉不得的苦闷的花朵。诗人之所以喻之"木花"，一乃手臂与手指形状上神似树干与树枝，二乃课桌乃木料所打造，三乃双手长时间搁在桌上不动，焉能不"木"？诗歌真切、生动地呈现了"我"的体态和心态，将一个情窦初开、颇有点调皮的青年小伙心中爱火炽烈、蠢蠢欲动的情态，无比准确而传神地勾勒了出来。至于诗歌中的"海"

这一意象，寓意则比较显豁，既夸张"我"与恋人的空间距离，又揭示出彼时"我"内心情感波涛的荡漾。

诗歌采取的是单向的抒情维度，面对当时并不在自己身边的恋人，直抒心中炽热的爱恋和思念之情。从诗歌的结构上看，首段与末段偏重于直抒胸臆，中间一段偏重于描写和议论，"情""议""情"的结构安排，单纯而清晰，与年轻人单纯而明朗的情感非常契合。九个"隔着"居于句首，或连续运用，或遥相呼应，构成排比和复沓，将炽热、低回、缠绵、深沉的爱恋，淋漓尽致地倾诉于笔端。最后一句"爱你，然后失去你"，如一记重锤，重重地敲击在读者的心坎上，令人嗟叹、怅惘、沉思和回味。

刘　年　1974年生，湘西永顺人。喜欢落日、荒原和雪。主张诗人应当站在弱者一方。出版诗集《为何生命苍凉入水》《行吟者》等。

离别辞

白岩寺空着两亩水，你若去了，请种上藕

我会经常来
有时看你，有时看莲

我不带琴来，雨水那么多；我不带伞来，莲叶那么大

谢颖赏读：

　　这首诗题为"离别辞"，却不直接写离别，反而出现三个"来"，这是间接地写出离别；诗歌首句出现的"空着两亩水"，"空着"本身就是距离，是尘世与佛界的远隔，"两亩水"看似并不太多，可是中间又能容纳下多少思念？接着由水很自然地就引出"请种上藕"，藕有着牵连不断的万千丝缕，正如思念；假以时日，白水绿荷就有无限的诗意；过不了多久，花开花落就要结出莲子——"莲（怜）子清如水"，同样也是因为离别而产生的思念。之后，"雨水那么多"，空山寂静处的雨，幽怨、急切、雨声纷杂、没有来由也不由分说、欲语还休……这些都暗指思念，琴声又如何能够替代雨水带来的思念？倘若真能跨过思念相见于此，又何必在意带不带伞？不管是见你还是见一见你种下的莲，思念也就能得到许多的慰藉。

　　这首《离别辞》有许多妙处：①诗题与诗歌内容上形成互补。用不断的"来"写出思念，指向的毫无疑问都是离别。不直接写出离别，而诗人一直都在离别这个主题的外围，用诗题与诗歌内容发生有机的反应，从而达到效果，的确高明！诗歌更重要的是指引，说破了反而

不好。②语言处理上可见功力。从"空着两亩水"到"请种上藕"再顺势而为直至"雨水"与"莲叶"，语言相当精炼，叙事流畅，宛若一件精美圆润的玉雕，不见丝毫粗糙与赘肉；不言思念之痛，却让人隐隐作痛，不说相思之苦，却苦味绵长纠结。③诗意的延伸性悠长辽远。我们听琴，往往在余音袅袅里得妙趣；又如，有人遥指远山，我们顺着手指望去，眼观心感得到的风景体验远远超过他人的叙说。读诗亦是如此。读后或拍案叫绝，或沉思良久，或流连其间不思归路，那么诗歌的任务就已经完成，诗人可以抽身离开，故而好的诗歌，其意味都在读后。④用诗歌的语言叙事，直指人心而且构思精巧。一个你和一个我，一个相爱又不能在一起的故事，一段面对离别让人揪心的情感。许多人心里或多或少都有类似的情感症结。那么该说哪些？该怎么说？更多的人会选择倾诉，而诗歌语言的妙处就在于此。既点中了你心里早就有而未说出口的那些话，又不纠缠不休，而是及时离去。作蜻蜓轻点水，留下满湖面的猜想，这样的收放自如与精妙构思，也让人爱不释手。

春风辞

快递员老王，突然，被寄回了老家
老婆把他平放在床上，一层一层地拆
坟地里，蕨菜纷纷松开了拳头
春风，像一条巨大的舌头，舔舐着人间

 王恩荣赏读：

刘年的诗简洁、凝练，意蕴深厚，知性十足，让你看一眼就难以忘记，与张二棍的诗一样都有某种别人都无法企及的高度和化境："快递员老王，突然，被寄回了老家/老婆把他平放在床上，一层一层地拆"。

送了一辈子快递的老王，突然被当成快递"被寄回了老家"，诗人把这个天降灾难，不惊不诧地娓娓道来，却越增加催人泪下的效果。"寄"炼字炼得好，也暗喻了老王人微身轻。这个"走西口"的游子，就是那许许多多背井离乡普通了一辈子挣扎了一辈子的底层劳动人民的真实写照，或许他们曾怀抱着衣锦还乡的理想，他浪迹天涯，不甘平庸，到最后却只能以平庸收场。刘年的好多诗都呈现了这种对命运的无力感和悲催情怀。快递的比喻虽然诙谐，却没有一点轻佻，只有感觉内在的命运对人的嘲弄，尽管如此，越增加了对生命的庄重感和敬畏感，"老婆把他平放在床上，一层一层地拆"，几十年了帮助丈夫拆装快递，最后却如拆快递似的拆自己的爱人，像举行一种仪式，慢慢地"把他平放在床上"，缓缓地"一层一层地拆"，悲从字面喷涌而出。这是从最本真流出的痛感，没有一点作秀的成分。

"坟地里，蕨菜纷纷松开了拳头"。

快递员老王终于从沉重的生活负担中解脱出来了，他没有衣食无忧，想不到他并没有在生中完成这个愿望，却是在死中抵达轻松，所以"蕨菜纷纷松开了拳头"，明写春天的到来，暗喻心的解脱松懈放开，这种写法形成悲怆的效果。

"春风，像一条巨大的舌头，舔舐着人间"。

刘年很善于运用对比，把老王的死放在万物复苏这个生命回放这个大背景上，又增加悲怆的效果；春天来了，她给万物带来了新的生命，"像一条巨大的舌头，舔舐着人间"，那是给牛犊的母爱，这个爱是巨大的是公平的，却也是荒谬的，因为这爱永远与坟墓里的快递员老王无关了，生死阴阳的对照如此的明显，更加增强了生命的悲剧意识。这一层一层的悲怆的加深，我们感觉到诗人的无边的痛。最后说到题目：春风辞。辞：辞赋之意。辞赋是以"铺采摛文，体物写志"为手段，以"颂美"和"讽喻"为目的的一种有韵文体。这个题目本身就决定了这首诗亦颂亦讽的风格，这也就是刘年许多诗的风格，为弱小者唱赞歌，却又不甘于弱小的复杂情感，他就像大自然一样的在悲悯中把温暖给予这个荒谬的人间。

胡 弦 1966年生，现居南京，出版诗集《阵雨》《寻墨记》《沙漏》；散文集《菜书》（台湾版）、《永远无法返乡的人》等。曾获诗刊社"新世纪十佳青年诗人"称号、闻一多诗歌奖、徐志摩诗歌奖、柔刚诗歌奖、《诗刊》《十月》《作品》等杂志年度诗歌奖、中国诗歌排行榜2014—2015年度诗歌奖、2015名人堂年度诗人、腾讯书院文学奖、花地文学榜年度诗人奖等。

见 鬼

昨夜，老K从柳树下经过，
遇见一个漂亮的女鬼。
他说，她折下一根柳条，要他
把住址写在她的胸口上。

他写的，是隔壁一个游乐场的地址。

在这世上，有人会有艳遇，有人
会有厄运，还有人
就住在隔壁，彻夜难眠。

——其危险在于：
人有人行道，鬼有穿墙术。而且，
你是个心中有鬼的人，并可能

因此错过一个好结局。
对此，老K不作辩解。但他说，
如果有谁想试一试，他愿意
告诉你那棵柳树的位置。

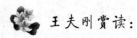 **王夫刚赏读：**

徐州是刘邦的家乡，苏鲁豫皖四省接壤之地，宽泛说来还算北方，由此而南至南京，北方痕迹几无。胡弦生于大风起兮云飞扬的徐州，工作于隔江犹唱后庭花的南京，其作品不可避免地呈现出南北交融的味道。他的诗，南方常见的温润和精致无处不在："雨季来临，梯子潮湿。/昨夜，一张古画里的妙人儿/悄悄更换了表情"；北方多有的表达和格局也不少见："光线晃动，大地倒退……/倾斜的尖翼上，爱和愤怒仍完好如初。"胡弦借助放大的瞳孔观察辨认黑暗中存在的东西，解释莫名的恐惧，领受暮色即将取消一切的宁静，诗歌的细致和开阔，柔韧和犀利，悖论和奇妙，在他所构建的写作框架中获得了"古老的盐水涌向桌椅"的可能性。我之所以愿意通过胡弦的作品恢复阅读中"被断了的铅笔尖毁掉的前程"，便是基于这样一种自信——每一次，我都能沿着胡弦的诗篇遭遇出乎意料的喜悦、惊讶和汉语之美，所谓"河山不容讨论，但在诗中是个例外"。《见鬼》可能不是胡弦最满意的作品，却是我尤其想谈论的一首诗，它有删繁就简的情节，有不动声色的抒情，既充满若即若离的烟火气息，又具备开阔自如的形而上思考：女鬼折下一根柳条，让老K把地址写在她的胸口上，而老K留下的，却是隔壁游乐场的地址，亦虚亦实，亦真亦幻，颇得我的老乡柳泉居士之风采，尤堪玩味的是，为什么是隔壁的游乐场而不是对面的委员会？群魔乱舞的时代，人行道并不可爱，穿墙术也不可怕，有人有艳遇，有人有厄运，有人在隔壁彻夜难眠，这些，都是女鬼理解不了的幸福和烦恼活在女鬼以外的人间。胡弦写《见鬼》，本意并非为鬼的世界制定规章制度，为鬼的爱恨情仇充当法官，而是提醒我们，鬼见鬼没什么，人见鬼才值得赞美或者批判。但是，假如，老K要告诉我们那棵柳树的位置时，即使那树下的女鬼无比漂亮，善解人意，我们恐怕十有八九也会摆手拒绝，无端爽约——人类热爱女鬼的勇气更适于停留在纸上谈兵的阶段，而《见鬼》所隐含的，也不排除这个意思：要想见鬼，并非易事。

中国当代诗歌赏读
ZHONGGUODANGDAISHIGESHANGDU

童 话

熊睡了一冬，老鼠忙了一夜。
乱世之秋，豹子的视力是人的九倍。

想变成动物的人在纸上画鲸；
不知该变成何种动物的人在梦中骑虎，
有时醒得突然，未及退走的山林
让他心有余悸。

狗用鼻子嗅来嗅去，必有难言之隐；
猫在白天睡大觉，实属情非得已。

猫头鹰又碰见了黄鼬，晚餐时，
座位挨得太近，它们心中都有些忐忑。
而有人一摸象就变成了盲人，有人
因窥见斑马而发现了真理。

我也曾画过蛟龙两条，许多年了，
它们一直假装快乐地嬉戏，其实，
是在耐心等待点睛人。
——总有一天，它们会开始新生活，
并说出对墙壁不堪回首的记忆。

缎轻轻赏读：

很久前，我就发现一个有趣的现象，一个人总是犹如一种动物，首先是面相其次是性情。我的一个朋友就长得很像梅花鹿，眼睛灵动，小而尖的鼻尖。而我问朋友我像什么，她答我像北极的海豹，懒懒的圆圆的，终日游逸于冰河海域。

读胡弦的童话，这自然是一个男人对回忆与生活的感悟。如熊般冬眠的人，如鼠精细的人，如猫头鹰的人，如黄鼬的人……在人间无休止的忙碌，而豹子一样的人警觉地盯着一切。

纸上画鲸，梦中骑虎，摸象的盲人，窥马的智者，正是这世间众生百态，不停转动。

而诗人心藏蛟龙，龙本来是虚幻之物，于现实的童话中，在物种中是多么孤独。点睛人也许只是诗人给自己一个渺茫的期待，是的，总有一天，一切都会改变，该来的会来。

窗 前

当我们在窗前交谈，我们相信，
有些事，只能在我们的交谈外发生。

我们相信，在我们目力不及的地方，
走动着陌生人。他们因为
过着一种我们无法望见的生活而摆脱了
窗口的限制。

当他们回望，我们是一群相框中的人，
而那空空、无人的窗口，
正是耗尽了眺望的窗口。

我们看到，城市的远端，
苍穹和群山拱起的脊背
像一个个问号：过于巨大的答案，
一直无法落进我们的生活中。

当我们在长长的旅行后归来，
嵌入窗口的风景，
再也无法从玻璃中取出。

 缎轻轻赏读：

　　这是一首起于现实而临近哲学的诗。"窗"是一个发生器皿，从言谈，视觉，远景，继而回归本身，来扣问无法名状的人类之"局限"。如，言谈是局限的，更多事在言谈外发生。视觉是局限的，你从窗口之所见，正引发人们思维框架内的世界——你所认知的世界正是牢狱你的。回头，我们不正是窗内的人，被锁在白房子里的人？终其一生，绕壁而行，絮絮叨叨，何其无聊。你可曾见过窗外的世界，苍穹和群山大到未知，而我们所困扰的事物与疑问，对于这个世界，正隐藏着巨大的答案，只向窗内的人露出小小的尖角。从窗内到窗外，由近至远，诗人完成了镜头与哲学的切换。

　　人生便是一场长长的旅行，一生短促，每一面玻璃都镶嵌了一个人的此生历程，你以为漫长，最终不过溶化于玻璃而已，淡到透明。

金铃子 信琳君，号无聊斋主，中国作协会员，诗人，书画家。曾获得2008中国年度先锋诗歌奖、第二届徐志摩诗歌奖、第七届台湾薛林青年诗歌奖、第四届中国散文诗天马奖、《现代青年》年度十佳诗人奖、《诗刊》年度青年诗人奖等文学奖项等。

我这样　厌倦了词语

我这样厌倦了词语
它们让我左右为难，十分棘手。有的词语
仿佛庄严的雪，堆在心边
我真害怕，稍不留神，就悄悄化掉
有的词语，藏满火焰
恰似铁的枝条上，花朵等待燃烧
我不敢去碰它们，担心一碰
花蕾中的火星，就会
毕毕剥剥地炸裂，留下泪水的灰烬
有的词语，浑身是刺，如同
眼中的钉子，夺眶而出，那么的快速
那么的惊心，好像
尖锐的往事，一下子就将我钉穿
有的词语，澎湃似大海
巨浪拍天。我被它衬得无比短小
无比浅显，不及鲸鱼的一滴泪水
不及海带的半丈狂欢
有的词语，就是明明白白的石头，既硬
又重，对于我的爱情，它就是
泰山压顶。而且
每重复一次，每次都有电闪雷鸣
有的词语，就像磅礴的日出

光芒四射，照得我的忧伤
睁不开眼睛。照得我的山峦胜过最美的乳房
啊！词语，词语，我虽然
厌倦了你们，但词语中却有一股
故土的花香，让我反复嗅及
让我一遍又一遍地
喃喃自语：妈妈！

 曹纪祖赏读：

　　诗人，莫不对词语热爱乃至敬畏。每一次写作的过程，都是约会词语的过程。这种过程充满冒险与艰辛，却又有异乎寻常的情感体验。金铃子的《我这样　厌倦了词语》一诗，以独特的表达，传递出这种奇妙。

　　初看这首诗的题目，确乎首先让你一惊。然而读下去你才恍然大悟。汉语言如此形态多样，魅力无穷，找到准确表达内心世界和情感色彩的恰当的词语，殊非易事。而精益求精的诗人，也许会为一个词语，寻求一生的相遇。领悟词语的魅力，有时自身就是词语，正是诗人的灵气所在。我爱，故我烦恼，我选择，故我厌倦。"左右为难，十分棘手"。所以她如是说。

　　这首诗的魅力所在，是对于词语与诗人关系的形象化抒写。她说，词语或如堆在身边的庄严的雪，或如花朵等待燃烧，或如巨浪拍天，或如泰山压顶，或如磅礴日出……她怕其稍纵即逝，又怕被其像钉子一样钉穿，或感觉到压力，或惊喜于其光芒的照耀，或体会其重复一次，便有雷鸣电闪，等等。对汉语写作的种种体验，尽在其中。那些饱满的意象与新奇的比喻，那种情感与词语的融合，诗人与母语的一体，使这首诗内涵丰富，耐人寻味。读者阅读的过程，便是获得审美愉悦的过程。

　　在思想高度上，对母语的热爱与敬畏，无疑是其灵魂。我们的汉语，是必须反复"嗅及"的"故土的花香"。而最后一句："让我一遍又一遍地/喃喃自语：妈妈"，令人泪奔。这正是所谓的"诗眼"。与"厌倦"，互为正反，于冲突中，鲜明了主题。

他们都在写猪

他们都在写猪。我写什么呢
我想起母亲，不到30岁就满头白发，苍凉的额头
她孤单的一生
她切菜，揉面团制作面包，拿木勺搅汤
在画布上涂抹
世界比我想象的还要孤独
谁爱过她？她爱过谁？
有一次讲演，我告诉她
我有点紧张
她说，紧张什么，下面坐着的都是猪

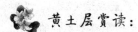 黄土层赏读：

　　金铃子是一个实力派诗人，有诗集三部，尤其《越人歌》达到了相当的艺术阶梯。观察这些成熟诗人的现代诗，都有"去意象化"趋势，全用口语，却达到了意象堆砌，破解设障，同样或者更好的效果。金铃子有个诗观"诗歌的力量与词语无关，它只与一种气质相关。它是我寻求医治心灵的良药，我对它很客气也很恭敬"，也正好诠释了她写作的段位：词语不再是诗人需要首先关注的东西了。

　　之所以说《他们都在写猪》是一首现代风诗，是因为诗歌对现实有所指，有所讽喻。风诗，从诗经开始就有，千年之下，历朝历代都有。不新鲜。但是如何写得烟火气尽滤，讽喻不见外伤，绵里藏针，却是功夫。时下不少诗人也在写反映现实的诗歌，比如地震了就写地震的诗歌，校车翻了就写关注儿童安全问题的诗歌，煤窑瓦斯爆炸了就写矿难的诗，钓鱼岛争端起了就写爱国主义的诗歌，嘉陵江漂死猪一万头了就写死猪的诗歌，貌似跟得上时代步伐，关注现实，但是新的现实事件一发生旧的关注点就自动放弃了。这样看来，他们热衷的并不是真正的问题，而

是那个刚刚发生的"风"。严格意义上说，他们写的那些诗就不能叫"风诗"了，而是"跟风诗"。没有真正的"现实关怀"，而只有喜剧化的"风潮追逐"。我想金铃子写《他们都在写猪》正是有感于此吧。

诗歌一开篇"他们都在写猪。我写什么呢……"如果也写猪，不是和他们一样了吗？所以，金铃子就写"他们都在写猪"这种现象。形成了螳螂捕蝉黄雀在后的格局。但是金铃子"写"现象并没有迎头痛击，下猛药，而是迂回战术，绕过去，写母亲……最后给了一颗炸弹。这一时，读者怎么也想不到写母亲和"风诗"有什么关系哪。"我想起母亲，不到30岁就满头白发，苍凉的额头／她孤单的一生／她切菜，揉面团制作面包，拿木勺搅汤／在画布上涂抹"，这就是母亲的一个素描，和散文没什么区别，简直就是"非诗"，如果这时还记得她的诗观"诗歌的力量与词语无关，它只与一种气质相关"，就得耐住性子，走着瞧。"世界比我想象的还要孤独／谁爱过她？她爱过谁？／有一次讲演，我告诉她／我有点紧张／她说，紧张什么，下面坐着的都是猪"。

这里引进了"孤独"的主题，启迪读者什么才是最应该关注的。"谁爱过她？她爱过谁？"这两句问得好，如果你还是一个麻木不仁的人，还是一个跟风的人，还是一个一屋不扫却立志要扫尽天下的人，那真是没办法了。诗人在这里巧妙地借用母亲的口说出：下面坐着的都是猪。这就是答案。显示了金铃子的"出手力道"。温而不火，慢条斯理，将那些跟风者一律打成内伤。

蓝　野　原名徐现彬，现居北京，出版诗集《回音书》，曾获泰山文艺奖、全国报刊最佳诗歌编辑奖、华文青年诗人奖和《青年文学》年度诗歌奖。中国作家协会会员。

母　亲

怀孕的女人登上公共汽车
扶好车门里侧的立杆后
对着整个车厢，她很快地瞥了一眼
她那么得意
像怀了王子
她的骄傲和柔情交织的一眼
仿佛所有的人，都是她的孩子

车微微颠簸了一下
我，我们，和每一丝空气
都心惊肉跳地颤抖起来
——道路真的应该修得平坦一些
——汽车真的应该行驶得缓慢一点
很多母亲正在出门，正在回家
正怀抱着世界，甜蜜而小心

 王夫刚赏读：

　　据说，有人把蓝野的京华生涯视为"诗人的北漂版本"之一：他怀揣"勿忘在莒"的真诚、勤勉和艺术尺度，把自己送入优秀诗歌编辑的队列；他还写下了诸多可堪玩味的诗篇用以抗衡流逝的光阴，让始于青春时期的诗歌之梦在生活中渐成事实。十几年来，蓝野几乎走遍了祖国各地，但唯往来于莒县和北京之间的那条路，始终没变；唯有奔走在莒

县和北京之间的那颗心，始终澎湃。故乡，亲人，旅途，爱与被爱，拖累了世事沧桑的蓝野，也成就了胸中海岳的蓝野。《母亲》是一首安宁、温馨、朴素而又得之偶然的精美短诗，严格来说，称之为"旅途之诗"并无不妥，因为诗人的京华生涯从来就没有摆脱过"在路上"的基准状态。移动的车厢是一个有弹性的舞台，粗心的人或许并不认可这种说法，但诗人必须回答他们：粗心是一个毛病。就像怀孕的女人登上公共汽车后的第一反应："对着整个车厢，她很快地瞥了一眼／她那么得意／像怀了王子／……仿佛所有的人，都是她的孩子"。这爱意弥漫的举止，几乎是每一个母亲的骄傲举重若轻地回答了人类的疑问，这一刻，完颜亮是谁，忽必烈是谁，朱棣是谁……忽然变得索然无味。值得庆幸的是，蓝野发现了这样的细节；更值得庆幸的是，他把自己的发现转化成了被我们阅读的诗篇。沿着这样一首一目了然的诗，我们却获得了意犹未尽的美，诗歌之丰沛，由此可见一斑。类似的诗篇，在蓝野的写作中随处可见，早年的《电话亭下的男人哭了》《最小化》《朋友醉了》，等等，既是他在生活面前的观察、沉吟或者自我记录，也充满了"心事浩茫连广宇，于无声处听惊雷"的心灵革命和命运体认。在《文庙路》中蓝野写道："——呵，生命，自有他夺目的部分／也有他暗下来的时日"，毫无疑问，怀孕的女人此刻就是生命中夺目的部分，照耀着，平衡着，拯救着，那暗下来的时日，而蓝野在诗中释放出的"道路再平坦一些，汽车再缓慢一些"的祈愿，则像暗河激流般再三冲洗着聚积在人性美德上面的"现代化"污垢：在怀孕的女人眼中，我们始终是一群孩子需要一个量身定做的家园，被呵护，被教养，被引领；需要不止一首的赞美诗献给母亲，让因袭传承的本性之爱在大于车厢的祖国处处弥漫，始终弥漫，像徐家村的石榴又酸又甜地遇到了它所渴望的亲人。

王夫刚　著有诗文集多部，获过齐鲁文学奖、华文青年诗人奖、柔刚诗歌奖和《十月》年度诗歌奖。中国作家协会会员，首都师范大学驻校诗人，山东省农业管理干部学院客座教授。现居济南。

布尔哈通河

布尔哈通河的夏日，水上漂着北方。
布尔哈通河的夏日，彼岸
埋着婉容。金达莱是鲜花
也是无需国籍的歌声
唤醒早春：那任性的孩子还在奔跑
那任性的天空，就要下雨。
教科书上的布尔哈通河
流经少年的作文，以母亲河的
身份——那时他还不知道
每一条河流，都有一个
源头；每一条河流，都有自己的子嗣
要在哈尔巴岭的深山清泉中
遇见两个人的微微一笑
需等30年：谁在故乡完成自身的
流淌，谁将在故乡之外
永远做客。布尔哈通河的夏日
楼房高过柳树，少年却已
回不到桥上，雨过天晴
爱是布尔哈通河，也是布尔哈通河流域
花开花谢，监狱出身的剧院曲终人散。

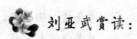 **刘亚武赏读：**

王夫刚的诗长于叙事，力量很大。《布尔哈通河》选自他的诗集《山河仍在》，作者一共写了两首诗献给布尔哈通河，另一首名为《布尔哈通河下游》。同样是写河流，和雷平阳那条地理意义上的河流不同，作者穿插了大量人事（一个少年的成长故事），两相比照，有时我们甚至很难厘清到底是以人写河，还是以河写人，或者两者兼而有之吧。如果是这样，那么无疑达到了写作的最大值。不管怎样，作者融入了充沛的情感，使得一条河流像一个少年那样出现在我们眼前：首先是成长环境或地理位置（埋着婉容的彼岸和开着金达莱鲜花的早春，展示出延边州特定的历史和朝鲜族风情），然后是任性的洪水泛滥夏天，懵懂、莽撞、野性而又叛逆。要驯化这种不羁，不是靠外在之力，而是仰赖自我的心灵成长。"谁在故乡完成自身的 / 流淌，谁将在故乡之外 / 永远做客。"收获不仅仅是一份清泉般的情感，而且也刚好累积了闯荡异乡的资质。这样的领悟与里德尔在《秋日》中的告白可谓异曲同工。作为游子的代价当然是回不到故乡，虽然我们终将被时光打败，但那份深沉的爱恋与大地同在。整首诗灵动而富有韵律，类似复沓的手法全诗至少出现五处，同时又融汇了大量类似古体诗的对仗、互文等手法，使得全诗音节抑扬合度，节奏轻柔舒缓，语言清新流丽，读来如沐春风。尽管如此，我们依然能够感受到一股雄浑的力量，只是潜行在文字的暗处。在我看来，《布尔哈通河》是一个北方男人突然发掘出了他骨子里的南方品格。

邵纯生　山东高密人，中国作家协会会员。作品散见于《人民文学》《诗刊》等，入选多种年度选本，著有诗集《纯生诗选》和《低缓的诉说》。

黄昏时分的音乐

黄昏的脚步声挤进陡峭的楼道
在街角，我听到最初的一首乐曲
从液化气灶的喷嘴开始奏响
哗哗的火苗
暗红里掺杂着钢蓝色伴音
这音乐来得直接
致使整座楼发出一致的旋律
它们飞向半空
与另一支乐队呼应
渗透渐深的夜色和万物的耳朵
其实在此之前
这首乐曲已回荡了很久
我爱胶东小城的这个黄昏时分
在进家门之前，我再次
把耳朵贴在线杆上，闭上眼睛
静听着一枚玻璃纽扣蹦出敞开的窗口
发出一瞬间与大地碰撞的快感

　王夫刚赏读：

　　人间需要烟火气息，诗歌也需要烟火气息。波德里亚认为生活没有权利停下来等待叙事与之交汇，邵纯生的这首《黄昏时分的音乐》却有不同的理解。在这首诗中，所谓音乐，不过是生活的嘈杂之音日复一日，我们耳熟能详，我们记忆犹新，我们几乎都有置身其中的经历——这样的时刻告诉我们"怎样活着"，也间接回答了"为什么而活着"的提问，光阴，有时真实得恍如生活在别处的梦境，有时又虚无得恰似黄昏时分的寂静无人领取。作者不厌其烦地铺垫，描述，最后让一枚可爱的玻璃纽扣带着戛然而止的旋律蹦落大地，与历史的切片撞个满怀，充满"非此不可"的张力和"别来无恙"的惊喜，他也许只是想多看一眼生活的涟漪，却一不留神赋予了司空见惯的道理以崭新的诗意。作为一个沉稳的诗人，邵纯生让偶尔藏不住的个性轻松跃然纸上，让生活的烟火气息停下来等待叙事与之交汇，不动声色地帮助一首短诗削减了生命中的叹息和思想的教诲所产生的枯燥色彩。

施茂盛　1968年生。20世纪80年代开始发表作品，著有诗集《在包围、缅怀和恍然隔世中》《婆娑记》等，获2012中国诗歌年度诗人奖。长居崇明岛。

小微漾

我已经触摸到了。它几乎就是。
比如短裙内的小微漾。
比如死者嘴角煮透的寡味。

多么淘气呵两倍大的小宇宙。
玲珑剔透里隐藏的恍惚无边，
如囵囵，吞下枣模样的褶皱。

而，一半的昏眩仍在。
它却又潦草得揪心。
一颗颠倒的轻率，实属意外。

意外这缓解的色情来得猛，
抵消我不懂赞美的亏欠。
我几乎触摸到了，但它又不是。

 王夫刚赏读：

　　《蓝诗歌》作为一本同人诗集，最为直观的现实意义之一是，让我第一次如此集中地读到了施茂盛的作品。我们的手机里互相存有电话号码，但从未有过语音交流——有些朋友是用于往来的，有些朋友则适合证明间接存在，施茂盛和我，属于后者。这一次，写这篇简短的阅读印象，我依旧没去百度搜索"施茂盛"这个词条，我告诉自己，只要知道施茂盛是一个诗人就可以了。这些年来，施茂盛很少出现在诗歌前台，个中原因不得而知，亦无须穷究，可以断定的是，他的内心，从没撤销对诗的"关注"，现在，则加了"好友"："另一个嵇康在途经的纸上呕着苦汁"，喜欢诗不易，喜欢诗之后又弃之如敝屣，同样不易。在施茂盛的这组作品中，《木狐狸》当属成熟之作，几无缺陷，所谓"轻似天鹅绒，重过落子无悔"，但我更喜欢在《小微漾》中沉浸、徘徊、揣度，体味诗歌的欲言又止或者移花接木。在这首诗的开篇施茂盛写道："我已经触摸到了。它几乎就是。"到结尾则成为："我几乎触摸到了，但它又不是。"这中间的变化，从"已经"而"几乎"，从"是"而"不是"，即是诗歌需要承担的追根溯源的责任和无中生有的分歧之美。"……这缓解的色情来得猛，/抵消我不懂赞美的亏欠。"如此这般的诗句，既蕴含着诗人不舍思索的立场，又准确捍卫了诗歌的语言高度，有朝一日得见施茂盛，我也许会向他请教：缓解的色情是一种怎样的色情？不懂赞美的亏欠是不是长有一张古怪的脸庞？另外，如果把这首诗的题目修订为"微漾"，可能更适合现代汉语诗歌在语意上对"拖泥带水"的拒绝或者批判——"小"和"微"并存，不仅没有实现诗人向"递减"靠拢的初衷，反倒产生了一丝画蛇画虎的嫌疑。有一段时间，我苦练毛笔，特喜欢"碧波荡漾"这个词，练着练着，我发现，把它写成"碧海荡漾"才符合草色遥看近却无的境界。

李　南　女,20世纪60年代出生于青海,现居石家庄市。著有诗集《李南诗选》《小》《时间松开了手》,曾获《青年文学》年度诗歌奖、河北诗人奖和昌耀诗歌奖。

八月某一天

这是八月许多天中的一天
城市蜷曲着,远方的海沙也沉默不语。
"七月的人民上车了……"
我听摇滚《七月的人民》
窗外的槐花落在你头发上,而九月
正急匆匆地一路前来。

我用淘宝体聊天
死亡却用它的手敲击着键盘。
有一阵我对古罗马着迷,这一阵又移情别恋
我读四福音书,从中寻求真理和爱。
欧洲在跳舞,中东从血泊中站起
只有亚洲大陆还在昏睡。
我不知道该做些什么
我的缄默古怪得毫无道理。

无穷无尽的奥秘被昆虫和草木发现
它们的哀伤比人类略小一码。
黎明总是给人带来希望
雁阵坦然地飞过,云朵打开了它的锦衣。
人们习惯于在月亮下咏叹人生
岁月里掺进了小提琴的忧伤……
而我依然贫穷,但不再为此羞耻

我相信这是上帝的美意，他为我打开了另一扇门。

你若问起我喜欢和爱——
我喜欢细数梧桐树叶上的光斑
等待耶稣的救赎。
我喜欢和白兰在小雨中散步
思念远方的人。
喜欢听那些阐释自由的音乐
我爱年老的阿赫玛托娃，和她
唱出的最后一支歌。
我向往背包客生涯，每一条路都通向未知
可我知道这一切都将无法完成。
城市里灯火通明，野外的树冠那么茂密
记忆的伤口那么疼。

 王夫刚赏读：

　　李南的诗，写到今天，写到这个份上，似乎已经不再需要额外的解读或者阐释了，她不但告诉我们诗歌应该怎么写，还告诉我们，诗人应该怎么做。很多人总在抱怨，诗歌被边缘化，诗人数量越来越少，事实却是，诗歌从来不是五谷杂粮，诗人数量也不是衡量时代诗意指数的晴雨表——每个人的内心都有一个时代，但诗神的甄别标准却如此苛刻，我们真正担心的，是李南和像李南这样的诗人在流失。在一条伟大的河流里，随波逐浪是一种活法，中流砥柱是另一种活法：历经三十年漫漫光阴的磨砺，李南越写越平和，越写越澄澈，越写越开阔，越写越顿悟，越写越貌似漫不经心而又吾心如磐："我用淘宝体聊天／死亡却用它的手敲击着键盘"；或者"我喜欢和白兰在小雨中散步／思念远方的人"；又或者"城市里灯火通明，野外的树冠那么茂密／记忆的伤口那么疼"。八月的某一天，其实是生命里的每一天；八月的某一天，其实是尘埃落定的正在进行时已从"名山僧占尽"撤往"天下少牵挂"。李南一直追

中国当代诗歌赏读
ZHONGGUODANGDAISHIGESHANGDU

寻着诗歌朴素而常规的尺度（"我的野心不大"），却又在不经意间为读者贡献了属于她个人的写作风格和思考价值（仙鹤在湖边认出了它的倒影：/他们看不到我血液中流淌着/黑色的毒汁），没有与生命相逢一笑泯恩仇的内在聚积，就不可能形成个我的思想发光体对流水置若罔闻。几年前，我编《青年文学》时，李南获得了刊物的年度诗歌奖，在颁奖典礼上她曾表示，这是她写作以来公开获得的第一个诗歌奖项，而我想告诉李南的则是，感谢她的作品提升了这个奖项的含金量。事实也的确如此，有越来越多的读者有效读懂了李南的诗篇，有越来越多的诗歌同人不带附加条件地接受了李南的写作，再次验证了"正道沧桑"的合理性："没有来世。没有恨。也不再有爱"——不，这一切都不是由衷的，不是真实的，在"道德石碾下的齑粉"中，我们会发现，孔子或者阿赫玛托娃永远是希特勒应该遇到的老师，而不是相反。

谷　禾　著有诗集《飘雪的阳光》《纪事诗》《大海不这么想》和小说集《爱到尽头》等。曾获华文青年诗人奖、《诗选刊》最佳诗人奖和全国报刊最佳诗歌编辑奖。中国作家协会会员。

2月18日深夜醉酒后从国贸乘667路公交回家

不远的立交桥上，
仍有车辆闪着方向灯驶过。我身后的招商大厦
像一个独自睡熟的家伙

我不喊醒它！也不理会
脱了棉服的春寒，我一次次扶稳自己
但更多人影，冲在了我的身前

车开动之后，有人把帽檐拉低
扯出呼噜，几个返城的民工
在我的耳边絮叨着关于过年的繁文缛节，被铲的祖坟
村上新死的老人，黑心工厂怎样把污水
压进地底，烟花散尽之后
雾霾成为一座城市的梦魇，而愤怒归于黑色的咳嗽

贴脸的玻璃多么冷！
一晃而过的灯火，黑魆魆的楼群，没有月光，没有星星
车灯廓开空荡的沥青路面，仿佛行驶在海上

八王坟。四惠。高碑店。
传媒大学。管庄。八里桥。通州北苑……沿途的地铁站
像另一些睡熟的家伙
有人下去，有人上来。我越来越相信

667路公交将一直开下去
从国贸始发
飞越通州，运河以东，棋布的村落，疯人院
更广阔的原野和夜空

天亮之前，我拒绝醒来
天亮之前，我不会醒来

王夫刚赏读：

谷禾从国贸回家的路线，我也曾有过深夜穿行的记忆晃动在沉默的公交车厢里；八王坟、四惠、高碑店、传媒大学、管庄、八里桥、通州北苑……这些站名，我也曾与之有过一闪而过的对峙消失于意兴阑珊；但醉酒的谷禾（我从来没有见过醉酒的谷禾），尤其是醉酒后乘公交车回家的诗人谷禾，还是给我带来了别有一番意味的联想空间。从《飘雪的阳光》，到《大海不这么想》，再到《鲜花宁静》，谷禾用十几年时间完善了个我的诗人身份，作为他的朋友，我能担当的责任就是阅读——在谷禾的精神世界里，有一种根源性的东西从一开始就引发我的关注并持续至今，这种根源性的东西也是我所追求的诗歌理想之一，而《2月18日深夜醉酒后从国贸乘667路公交回家》，局部呈现了这种尽在不言的"榫卯"状态。北京是一个梦与现实交媾的巨大舞台，也是一场没完没了的欢梦死于霓虹之夜，"车灯廓开空荡的沥青路面，仿佛行驶在海上"，我想，在豫东平原的郸城县，谷禾无论如何也难以获得这种"仿佛行驶在海上"的感觉，虽然漫长的生活无非周而复始的光阴把人类从童年运送到晚年，虽然郸城也允许叫作北京。在这首诗的最后，谷禾明确告诉我们："天亮之前，我拒绝醒来/天亮之前，我不会醒来"，我深以为是。就像谷禾在另一首诗《回忆照耀现实》中的连续发问"你信吗？"，我要回答他的是，我信！我们离开家乡，企图创造另一个家乡，但对我们本身而言，这孤帆远影的奋斗几乎就是水中捞月的爱和忧伤无

处置放。最后，需要特别感谢的是，身为期刊编辑的谷禾，除了操持《十月》这家文学大店的诗歌平台，还三更灯火五更鸡地编《十九》，编《中国诗典》，编《蓝诗歌》，没有对生命充分的热忱、理解和生活中身体力行的介入能力，就不足以支撑他如此殚精竭虑地向诗歌致敬——所有润物无声的心灵，登高望远的呼吸，爱屋及乌的事业，都与境界有关——阿里巴巴的宝藏和潘多拉魔盒并不矛盾，诗人谷禾和编辑谷禾也不是你死我活的对头——他种下一棵树，就看到了多年以后的郁郁葱葱，你不信吗？！

苏历铭 著有诗集《田野之死》《有鸟飞过》《悲悯》《开阔地》和随笔集《诗的记忆》《细节与碎片》等。曾参加第19届青春诗会，获第五届华文青年诗人奖。中国作家协会会员。

旋转门

推开旋转门后，突然停电
我被夹在中间，前后都是玻璃
左右也都是玻璃

我突然变成一个没有带上道具的小丑
里边想出来的人拼命地推挤门框
眼睛里流露出怨恨
外面想进来的人死劲地推着门框的另一侧
他们似乎都在怀疑，是我破坏了
旋转门的开关

我只是和平常一样，推门而入
未能推门而出
在束手无策的时间里，我无奈
却要露出一脸无辜

王夫刚赏读：

当代诗歌，星汉灿烂，苏历铭是一个自成体系的存在：他生于中国东北以北，其祖籍却在中国西南以南；他曾是国家重要职能部门的后备力量，却在耐心就是胜利的仕途背景中义无反顾地去国留学，继而通过个我方式成为投资银行资深专业人士；他年轻时写诗，结交诗人，在现代诗群体大展运动中摇旗呐喊，是诗歌在那个时代的参与者；他现在还

在写诗，还在结交诗人，通过笔端讲述他与当代中国诗人的诗歌记忆，是诗歌在当下生活不可或缺的见证人和载道者。周亚平说他是一个"集合了逻辑能力和理想天赋的诗人"，对此，我们似乎找不出反驳的理由。

去而归来的苏历铭，其写作主题有着显而易见的时代物痕，《旋转门》可做一个例举。此诗并不复杂，也没有什么处心积虑的语言陷阱，像他的另一首诗《削土豆皮》一样，记录的是一个寻常可见的生活片段，或曰无伤大雅的生活意外。需要注意的是，旋转门透露出的象征意味，因为无论佳木斯的深山老林还是有高铁穿过的山东乡村，都没有旋转门的生存土壤，也就是说，这是一次与都市和繁华有关联的生活意外。苏历铭用白描的手段，命令生活的浮世绘在生活允许的情况下戛然而止，我从其中领走的阅读喜悦是：一、尴尬是一种无处不在的美，与普希金笔下"因为逝去所以美好"的体会有着异曲同工之妙；二、"推门而入"并不意味着总是能够"推门而出"——就在昨天，我从新闻中看到苏历铭早年的部委同事在法庭上痛悔流泪，忽然产生了一种风马牛的顿悟——卡在旋转门里的，与其说是人，不如说是这个时代，A角B角，在都市隐者面前都是哈哈一笑的配角。我在首都师范大学做驻校诗人时，尤其喜欢"苏老师"（能给我上课的人，他算一个）从西四环的五路居到西三环的诗人公寓来喝茶，喜欢他用唯我意会的"资本家"口吻跟我谈论"执行力"的问题，我也曾以"执行力初级指南"为题写了一首冷幽默的小诗献给这"老师般的兄长"——而诗歌早已习惯了悄然退为两个中年人的命运背景：夜阑茶淡，往事无非，窗外沙沙作响的白杨树比不远处的电视塔更具有黑暗中成长的自身愿望。

池凌云 出版诗集《飞奔的雪花》《一个人的对话》《池凌云诗选》《潜行之光》等多部。中国作家协会会员。现居温州。

栅　栏

是栅栏获得安宁，不是我们
一个被故乡抛弃的人
在栅栏之外。梦
被野花和静夜豢养
使他看上去更像一个罪人。

他倒向夏天的雪地
就像一切已经停止。两颊
无声漫谈，用灰色的
风的语言。

鸟不再围着苦楝树飞
因疯狂而碎掉的瓷器
穿过人迹罕至的城邦
悲怆的液体从一条河流
流回他的体内。

让他疾走的铁栅栏
让他疾走的木栅栏
让他疾走的光的栅栏。一阵烟
把他逐向消隐，他顺从
它的意志，停下来
在自身之外。

王夫刚赏读：

化用一个著名的说法：其实世间本没有栅栏，人的想法多了，也便生出了栅栏。从这个角度去理解，栅栏的出现，其积极意义未必大于消极意义。读池凌云的《栅栏》，我一直在想，她为什么要写这样一首诗？难道也是想法过多使然？诗人之心，读者之意，有如高山流水，又似江湖夜雨。温州是著名的商业之城，池凌云置身其中，却一直没有放弃用诗意建设人生的个体努力，她合理地分解诗歌与生活的关系，同时又有效地把两者融为泯然众人中的"这一个"——有一次我们从台州赶往温州机场，路上聊起温州的诗人，朋友兴之所至，打池凌云的电话致以礼节性的问候，池凌云却执意要用候机的一个多小时尽地主之谊，我们赶到机场时，她已在机场附近的一家饭店点好了菜静候我们。那一餐确实印象深刻，于时间紧促中享有了一次没有栅栏的舒缓而温暖的交流。回到文本本身，今年春天，我曾编过池凌云的一组诗——尽管之前我与她的作品已经有了很多接触，还是忍不住悄然击节，暗自激赏："部分河流并不流向大海"；"我们早已是没有名字的失踪者"；"那让我疼痛的，也在疼痛。/那让我破裂的，自己早已破裂。"而在《栅栏》中，如果我们读不懂"悲怆的液体从一条河流/流回他的体内"，可能就无法领略"被野花和静夜蓄养的梦"如何"倒向夏天的雪地"，"因疯狂而碎掉的瓷器"又如何"穿过人迹罕至的城邦"，在自身之外让无中生有的寂寞和痛楚悄悄聚拢，继而烟消云灭。一般来说，一个诗人阅读另一个诗人的作品被视为天经地义，而一个诗人解析另一个诗人的作品，则难免在诗无达诂的教育中犯下单向失误而一无所知，何况面对池凌云这样早已在语言质感和思想深度之间游刃有余的诗人。诗歌，有时是风雨，有时是无言，有时是瞬间的坠落——池凌云说，是疾走的铁栅栏、疾走的木栅栏、疾走的光的栅栏（应该还有疾走的诗歌的栅栏）获得了安宁，而不是我们，一群被故乡抛弃的人，一群没有名字的失踪者。这温和的决绝源自她超越性别的自信——我们知道，有些自信属于无厘头，有些自信则是日渐稀缺的元素终将珍贵，作为诗人的池凌云，会在后者的道路上越走越远。

扎西才让 藏族，甘肃甘南人。中国作家协会会员，甘肃作家协会理事，甘南州作家协会主席，第二届甘肃诗歌八骏之一，作品见于《诗刊》《十月》《散文》等70多家文学期刊，被《新华文摘》《诗选刊》转载并入选50余部年度诗歌选本。获奖多次，出版诗集三部。

哑 冬

哑的村庄
哑的荒凉大道
之后就能看见哑的人

我们坐在牛车上
要经过桑多河

赶车的老人
他浑浊之眼里暗藏着风雪

河谷里的水早已停止流动
它拒绝讲述荣辱往昔

雪飘起来了
寒冷促使我们
越来越快地趋向沉默

仿佛桑多河谷趋向巨大的宁静

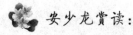
安少龙赏读：

扎西才让的诗除了厚重的题材之外，还以在艺术手法上的探索而独

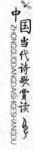

具一格。

这首诗的诗眼是"哑"。"哑"是一个形象的词。我们在叙事的层面上可以将其转换为"静默"。诗中写了在一个寒冷的冬天，"我"坐在牛车上，走在一条荒凉大道上，经过一个村庄、一些人，还要经过桑多河。"我"所经过之处，一切都是静默的，静默如"哑"。"哑"是一个身体修辞，状写一个人生理上的失声状态，词义延伸到其内心未曾形诸声音的无限广大的语言空间。一个人因为"哑"，而每时每刻都处在"言说"的临界状态，处在话语的火山口上。因此，"哑"本身是一种话语，一种表述。

因此，我们分明听到一切都在诉说，都在歌咏：村庄、道路、桑多河，赶牛车的老人，还有他的乡亲们。他们在诉说、歌咏着什么？往昔？未来？生息繁衍？爱恨情仇？悲欢离合？

诗人赋予"哑"这个沉默的词以强大的及物性，它涉及了季节、涉及了大地，涉及了大地上的村庄和人，还涉及了流过这一切的时间。因此我们说它涉及了地域、族群，历史。这是一种关于历史氛围的感悟，一种关于村落生存状态的表述。它让我们想起了艾青的《为什么我的眼睛里常含着泪水》。但是诗人什么也没有说，他让"冬"来代言："河谷里的水早已停止流动／它拒绝讲述荣辱往昔"，"寒冷促使我们／越来越快地趋向沉默"。"冬"的到来是为了配合"哑"，是为了给"哑"的表述赋予一种宗教仪式般的凝重感、静穆感。

"哑"是一个定格但不凝固的时间区段。一种氛围。"哑"是一种大音希声。

诗歌暗示我们：世界还有一种庄严的形态叫作"巨大的宁静"。

这首诗在艺术上最大的特点是拟人，以及抒情的节制背后的暗示。

寂　语

064

河水还没有漫上沙滩，风还没有把芦苇吹低。
我还没能从屋子里看见对面山坡上的那些桦树落下叶子。

还没有把白天洒落的心事，金币一样一一拾起。

这天色，就突然暗到了心里。

肯定有事正在发生，像一群蝙蝠在夜幕下云集。

像前村喇嘛崖上的岩画，在新煨的桑烟里隐现出身子。

而那些，那些神灵唤醒的风啊，也像潮汐那样退了回去。

 耿林莽赏读：

　　不是宏大题材，甚至于连细微的题材也没有。"肯定有事正在发生"，其实什么事情也没有，《寂语》写的不过是甘南草原上普普通通的黄昏的来临。然而诗人偏偏从"无事"中得到了诗的种子，他写的正是这一种寂静：于细微处见精神。也许，这正是散文诗的一个强项。

　　无论是河水漫上沙滩，风把芦苇吹低，还是山坡上落下来的树叶，也无论是蝙蝠们的云集，或崖上岩画的隐现，所有这些细节的捕捉，都是人们习以为常，未予关注的，诗人却将她们一一收拢，形成了他的"寂语"的形象化的现身。我之所以推崇这一章作品，因为她突出地体现了散文诗表现力的一个最基本的准则，那就是用形象说话。充分调动感觉的能量，最大限度地将事物的形象美展现于笔下，你便可以赢得诗美的精华。我注意到扎西才让对甘南草原自然景观有着体察入微的体验，观察极精细，抒写很从容，仿佛只是客观、冷峻地推出、呈现，其实蕴藏着很深的内心感情的反映，只不过含而不露，渗透在其中。

　　他写得十分简洁、节制，没有废话，可算字字真金，这是很高的艺术修养。你看这《寂语》的结语："那些神灵唤醒的风啊，也像潮汐那样退了回去。"这风便有了神灵的气息，便多了种神秘感，便成为一种"有心人"，将"寂静"留给了人间。

李　浔　1963年生于浙江湖州。中国作家协会会员。作品两次获《诗刊》、《星星》奖。诗集《独步爱情》《又见江南》获浙江省第二届、第四届文学奖。1991年参加《诗刊》社第九届青春诗会。

擦玻璃的人

擦玻璃的人没有隐秘　透明的劳动
像阳光扶着禾苗成长
他的手移动在光滑的玻璃上
让人觉得他在向谁挥手

透过玻璃　可以看清街面的行人
擦玻璃　不是抚摸
在他的眼里却同样在擦试行人
整个下午　一个擦玻璃的人
没言语　也没有聆听
无声的劳动　那么透明　那么寂寞

在擦玻璃的人面前
干干净净的玻璃终于让他感到
那些行人是多么零乱
却又是那么不可触摸

 吴谨赏读：

　　初读李浔的《擦玻璃的人》，觉得李浔这首诗的生成是偶然的灵机一动。而灵机一动的诗歌，是上天的赏赐，下笔即可水到渠成。当然，水到渠成的诗歌一般都有灵秀的长处，有的还不乏深刻的哲思。复读李浔的《擦玻璃的人》，让我感到诗人在试图告诉我们"介"的有限性与

"隔"的无限性，即认识的初衷、手段的有限性与认识的对象的无限复杂性之间的距离。

《擦玻璃的人》是认识的践行者，他没有隐秘的劳动，他的透明的劳动行为与干干净净的劳动结果（玻璃）是他认知的手段与途径。在他的意图里，玻璃干净了，世界就可以看得更加清楚了，可事实上，当他擦净玻璃之后，才发现"那些行人是多么零乱/却又是那么不可触摸"。他虽然获得了想看清楚的媒介但仍然没有得到看得更清楚的预期的效果，也就是他的初衷、手段与对象的本质之间仍然存在着新的距离——隔。

好诗人的工作，可以看作是阳光扶着禾苗成长的透明的工作，他要努力消除人与人之间尘垢般的隔阂，达到一种人际的敞亮与理解。然而无论诗人如何坦荡，多么努力，尘埃的净都是相对的，人际的隔阂却形形色色层出不穷难以触摸。介与隔的探索对人类的幸福发展似乎有着更为深远的意义，隔的无限被突破能否对人类幸福必然产生建设性作用，这已经是这首诗的弦外之音了。

至于这首诗歌的语言，窃以为是自然的朴素的纯净的，当然也是透明的阳光的。我很喜欢"透明的劳动/像阳光扶着禾苗成长"这样清亮的句子，这也让我更加相信《擦玻璃的人》是一首充满阳光的明亮之诗。

阿　翔　生于1970年，安徽当涂人。著有《少年诗》《一切流逝完好如初》《一首诗的战栗》等诗集。曾参与编选《70后诗选编》（上下卷）、《中国新诗百年大系·安徽卷》《深圳30年新诗选》等。现居深圳。

羊皮书

——致Y

猎狐的人深怀着水星和手艺，穿过树林
弓箭落入深谷
青绿色的树冠上那些湿的头发，都变成了果实
还有一些声音我没有听见
有很长一段时间，手在旋舞
紧按着岩壁。
全身披着火焰色的女孩，变得硕大和俊丽
用煤炭杀人
她甜蜜，有自由的铜手链，低声说话。
我看见彩绘的羊皮，上面记录着"亲爱的，让我驮着你
让我用食指带来七色的宝石。"
在需要静止的时候
她刮来了风。
溺死的虫子
今天活了过来，后面烟云滚滚
有人背着身，围着肮脏的长绒巾，那是一次简单的旅行
（有谁能知道）
我有黑色的石头，装作轻盈的样子
直到有更多的
狐和鸟过来，有些晃悠

吃完这些树叶后，女孩在傍晚写下了落日。

 苏省赏读：

　　这首《羊皮书》无疑是阿翔诗歌的转折代表作。那些密集又信手拈来的意象跳跃、游离，却在氛围上互相影响共同营造，呈现出类似于荒诞叠加抽象的效果。当你试图理性地庖丁解牛般解构这首作品，你甚至可能反而被其中隐秘的力量控制——从这个层面而言，这甚至接近了神秘主义的艺术。

　　的确，在羊皮上书写是一种古老的传统，在古代西方，这一传统本身就与宗教典籍、神秘传说有着难以割舍的关系。阿翔以"羊皮书"来命名一首赠诗，我们似乎没有理由去以纯理性思维解构它。这样的诗歌写作与其说是为了具体作品的呈现姿态，不如说更是对自我内心那些诗意的直接描摹。这样的道路对阿翔个人而言，可能更适合，也更纯粹。

远景诗

也许是相对于热烈的下午
但你不介意，旧镇绝无到此一游。
阴影中的波浪，一层一层推进我们
之间的一个界限，或者说，填满
我们和鸥鸟之间的缝隙，仿佛胜任
一切渺小。如果再远一点，你会
找回最简单的快乐，紧接着
从我身边掠过的风吹拂着你的帽子
并未输给远景。在那里，再脚踏实地
总会有一次伟大的飞翔，好像
松开了另一个自己，所以沿途
慢慢变小，不是你的问题，而是

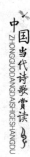

大海之处的一个远景，仿佛人生的宇宙
可以疏忽波浪的缝隙。
九月的海划过直线，不向磅礴
借口气势盛大，甚至不与渔船借口
顺水推舟的比喻，这意味着
从完美的控制挣脱出来，波浪
推进你的背景，在你的眺望中
寻找深渊，寻找我们的一个共同点，
但它混淆了孤独和遥远，通过
我和你的沙滩漫步，才有了
可能的默契。下午在大海之处
即将结束，你是我们的倾听，
就如同你不介意我是我们的倒影。
这里，也许我说：从前，以旁观者
惊心于远景像一种空寂。现在，
溶解于波浪更像一种爱，
消失在晃荡的远景中。

 张洁赏读：

　　写复杂的诗，是一种能力。对一件事情的观察与叙述，可以同时在一首诗中多角度展开，这叫散点透视。与之对应，是写作者无比丰富的内在情感，和随之而来的，阅读者的反复阅读与品味。

　　一首立体的诗，像一座宏大的建筑，让我们转着圈看它，让我们打开一扇又一扇门吧。

徐俊国 1971年生于青岛平度，首都师范大学驻校诗人，北京大学访问学者。著有诗集《鹅塘村纪事》和诗绘本《你我之间隔着一朵花》等六部。获华文青年诗人奖、冰心散文奖、汉语诗歌双年十佳等。

散步者

野鸭对一条河的了解，
不仅仅浮于水面，
还经常沉潜，试试深度。
小时候，我也喜欢扎猛子，
练习憋气，沉溺于危险的游戏。

这些年，生活把我教育成一个散步者。
岸边，酢浆草空出一条小径，
我被尽头鼓励着走向尽头，
把未知的弯曲，走成已知的风景。

这个过程带有惊喜——
春风轻拍枝条的关节，
拍到哪儿，哪儿弹出花朵。

正如你们所知，花开是有声音的。
除此之外，
晨光，唤醒视力……
爱，调整琴键的呼吸……
每一种修辞，
都有妙不可言的拐弯……
所有这些，我都深深迷恋。

中国当代诗歌赏读
ZHONGGUODANGDAISHIGESHANGDU

071

现代以来，文学和恶的关系被极度强化了。波德莱尔为后来者确立了一个榜样，诗对恶的揭示可以演变为真相的复仇。对恶的书写似乎天然具有一种深刻性。所以，在文学潜意识中，诗人和读者受到的教育就是，诗必须往恶里写。因为这样容易产生真相，而书写美好的东西，则往往容易陷入假象和浅薄。如果说古典的书写文化中，对升华的关注，造就了诗的精神气象。那么现代的诗歌书写中，诗对恶的关注，则显露出一种复杂的倾向。一方面，它在主题上确实回应了现代的人生困境，另一方面，在诗歌潜意识深层，它也越来越陷入审美的强迫症之中：仿佛谁越写得狠，谁越就代表诗的深刻。对于诗的赞美，以及诗的肯定，现代诗人在内心深处多半是狐疑的。但是，如果从诗的最根本的使命看，我们就必须意识到，无论时事多么令人惊骇，诗人最根本的任务都是矫正生命和世界的关系。也就是说，无论多么困难，诗在本质上都是用来"赞美"的。即便是致力于讥刺和批判，那也是因为值得肯定的东西受到了践踏和侮辱。无论如何，诗都不能沦为为了讥刺而讥刺。从这个角度看，徐俊国的《散步者》可以说写得相当出色。诗人对生活的态度源于积极的自我体验。诗人没有让自己的生命体悟屈服于文学意识形态的说教，相反，他将诗的视野建立在对日常生活的真实观感之上。诗人并没有刻意回避倾向性的选择，他确实选择了对日常美感的关注，并将它们抒写成对存在的回忆。

刘　川　1975年生。出版诗集《拯救火车》《打狗棒》《大街上》《刘川诗选》等多部。现居沈阳。

地球上的人乱成一团

我总有一种冲动
把一个墓园拿起来
当一把梳子
用它一排排整齐的墓碑
梳一梳操场上乱跑的学生
梳一梳广场上拥挤的市民
梳一梳市场上混乱的商贩
只需轻轻一梳
它们就无比整齐了

辛泊平赏读：

　　虽然对刘川诗歌的睿智、奇崛、幽默以及反讽的风格并不陌生，但第一次读到他的短诗《地球上的人乱成一团》时，还是着实吃了一惊、拍案叫绝。刘川善于用短兵器，匕首或者短剑，看似漫不经心地述说人生的发现，但总能出其不意地打开潘多拉的盒子，让人为之击节。这首诗歌也不例外。

　　在这首诗里，诗人仿佛和上帝站在一起，鸟瞰红尘的忙碌和无序，然后感慨万分，突发奇想，用墓园当梳子，让那"一排排整齐的墓碑"，"梳一梳操场上乱跑的学生/梳一梳广场上拥挤的市民/梳一梳市场上混乱的商贩"。为什么要用墓碑梳理活着的人们？因为，他们在名缰利锁之中破坏了本来的秩序，丢掉了优雅与从容的本性，从而变得浮躁和乖张，变得急功近利，变得相互猜忌和倾轧，使得原本和谐的生存空间变得紧张和危险。这是违背上帝意旨的事情。面对这个混乱的世界，诗

中国当代诗歌赏读
ZHONGGUODANGDAISHIGESHANGDU

人是痛心的。因为，诗人的脑海里保存着那个田园牧歌的记忆。

人类不断膨胀的欲望搞乱了一切，然而，人类的天性渴望回归。诗人因洞悉了这一个人生悖论而心生悲悯。诗人何为？一个古老的诗学命题，却耗尽了多少天才的心血，然而，这个如斯芬克斯之谜的问题依然存在于生人之中。如何调整已经无序的世界，如何平衡已经失重的人生，依然困扰着所有思考着的灵魂。而诗人刘川却用简单的话语道破了天机，那就是，用永恒的死亡来反击已经失控的红尘。

留言条

我来过了，妈妈，
进门时，我知道钥匙还放在
信箱与墙壁的夹缝中间。
我找到了大衣柜下
你每晚取出又藏好的秘密。
那楠木盒。本来我是要拿走那存折的
可我看到夹放那笔存款的
是我最初的襁褓，你洗、熨得
多么干净，新鲜，保留了这么多年。
我原以为你只有唠叨、倔强和冷漠呢。
我留下这纸条，告诉你，我来过了
什么也没动，而我，是的，我还在那襁褓里

 李锋赏读：

我在微信读书上读过刘川的诗集《拯救火车》，一个总体的评价是，刘川的诗写大多属于一种创意式写作。用流行的话来说，这个诗人脑洞太大了，带给读者各种意想不到。他能独辟一个全新的路径，抵达大家也曾到过的地点，而径路的不同似乎连带着目的地也有了新鲜的观感。他也能用大家都熟悉的事物，巧妙地组合熔炼，表达出一种全新的微妙意境。总之，他的诗和直接的世相保持着一定距离，对具体的事实较少依附，而发挥了更多的创造性，富有思想和批判，也有形而上的追问追求。这首《留言条》却游离于刘川的主体风格之外，在思想的、感受的创意表达之外，又在情感的表达上表现出他的独特创意，且因着情感的润泽而毫无痕迹。母子关系的复杂性尽在诗里诗外，而诗更多侧重于表达一种爱的发现、体认和复返，这个过程写得太鲜活了。孩子对母亲的疏远、拒斥和逃离是前情，母亲的唠叨、倔强和冷漠是孩子的粗浅认定，爱其实是深藏着的，就像秘藏的钱款存折，需要一个"偷"的机缘来发现，而对"爱"的发现即刻消解了"偷"，他来过了，不是作为一个小偷，而是作为一个婴儿，在情感上重新回到了母爱的襁褓。这样的结尾就是情感的一个裸呈，一种不失优雅的表达，你可以想象留言条的指定读者，他的母亲，猝然读之，必然泪如雨下。

如果用医院的X光机看这个世界

并没有一群一群的人
只有一具一具骨架
白唰唰
摇摇摆摆
在世上乱走
奇怪的是
为什么同样的骨架
其中一些
要向另外一些
弯曲、跪拜
其中一些
要骑在
另一些的骷髅头上
而更令人百思不解的是

为什么其中一些骨架
要在别墅里
包养若干骨架
并依次跨到
它们上面
去摩擦它们那块
空空洞洞的胯骨

朱建业赏读：

这是刘川诗歌里我最喜欢的诗作。这首诗无疑是一首杰出的传世之作，其丰富奇异的想象力、视角的独特性、尖锐、冷峻和深刻感令它散发出别具一格的永恒光泽。作者细致入微地观察这个世界，用贴近本质的描写体现了一种惊心动魄的生命真相，勾勒出一种陌生化甚至有些恐怖的画面，荒诞而又真实，让人叹为观止。

用X光机看这个世界有如佛教里的修炼方法"白骨观"，佛教里的修炼者为了控制自己的欲望，要经常观想，所有的美女帅男只是白骨上附上一堆血肉而已，一切都是空白的存在，五蕴和合，五蕴皆空，欲望本身是没有意义的。所以，这个世界"并没有一群一群的人"，而是一群一群骨架在这个世界行走，所有人都是平等的，都是骨肉血液暂时和合的产物。为什么其中一些人要向另外一些人弯曲、跪拜，被另外一些人奴役？只不过是因为我们把外在的所谓地位、名利贴上去了而已！但在外在的东西却主宰了我们的生命，所以"在别墅里"发生的那些荒唐的情景，我们的生命因为外物的羁绊如此的不自由！怪异变形世界的撕裂感，带给我们深深的思考！

这是一首深刻揭示生命世界真相和本质的一首诗，一是作者写出了极度的张力，意蕴深刻，令人读来惊心动魄；二是诗歌以与众不同的角度直指现代社会的丑恶，形式新颖，具有强烈的现实主义批判色彩；三是作者敏锐的诗性毫不留情地反思了当今社会困境，如此决绝和彻底的追问，洞穿人世虚幻的背景，振聋发聩，令人拍案叫绝！

伊　沙　1966年生于成都市，当代诗人、作家、翻译家，著有诗集《饿死诗人》《野种之歌》等，曾获中国当代十大新锐诗人、山花年度诗歌奖等多种奖项。

无题（14）

第一周
报上说我是个骗子
周遭的人们
神秘兮兮地望着我笑

第二周
报上说我不是个骗子
周遭的人们
全一副很扫兴的样子

第三周
报上说我是个君子
周遭的人们
像出土的兵俑一样缄口不语

🌸 **辛泊平赏读：**

　　这首小诗从人们对报纸新闻的反应入手，用老式的对比道尽了人情世故。语言诙谐，但呈现的确是人们灵魂的阴暗。妒人有，笑人无，这几乎就是人类的痼疾。照理说，经过现代文明洗礼后的人们应该走出这个误区，被宽容和同情之光照耀了。理论上说得通的东西，却是生活中不争的事实：我们依然没有走出狭隘人性的泥潭。正如诗人所写的，对待一个人的态度不是理解和同情，而是猜忌，是幸灾乐祸。当一种谣言

开始的时候，那几乎就是原本被逼仄的生存弄得麻木的人们神经复苏的萌芽，看热闹的喜悦遮住了善良，人们蠢蠢欲动，就等着看那预设的好戏。而当一切期待都成泡影的时候，人们不是恭喜，而是极端的失望，最终再一次进入情感的休眠状态，成为没有呼吸和体温的"出土的兵俑"。

　　伊沙是犀利的，他真正洞悉了隐藏在笑脸背后的人性之恶。然而，有着嬉皮士精神的他不会怒目金刚式的批判，没有板起面孔教导，而是以粗线条勾勒出了被嫉妒的魔鬼俘获的众生之相。这样的诗歌具有杂文的力量，有小品的自如，是智与力完美结合的典范。我喜欢这样简单的表达，喜欢这样入心入肺的体悟。

朵　渔　1973年生于山东，当代诗人、学者，著有诗集《暗街》《非常爱》等，曾获华语传媒年度诗人奖、柔刚诗歌奖、海子诗歌奖等奖项，现居天津。

无　题

一群人从窗口走来走去，我
不为所动。
抽烟。咳嗽。发呆
将一本本打开的书合上
几次发现道理无处可寻
几次发现问题没有答案

几次想起死者的脸
几次听到告别的声音

再也写不出轻巧的诗了，除了爱；
再也写不出沉痛的诗呵，除了恨。

辛泊平赏读：

　　在70后的诗人里面，我对朵渔的诗歌一直心怀好感。他的诗沉静、内敛、缓慢，不张扬，不乖戾，有一股迷人的优雅和书卷气。就像这首《无题》。

　　坐在书房里，外面是熙熙攘攘的人流，但诗人不为所动。因为，他的四周有沉静的大师，有关于人生的疑问和探索，有关于意义的争吵与修正。诗人深陷其中，不能自已。然而，在大师与大师的交锋之中，诗人并没有完全把自己交给哪一方，而是保留了可贵的怀疑和警惕。想起死者的脸，但要向谁告别，这却是一个缠绕不清的问题，向死者还是向

中国当代诗歌赏读
ZHONGGUODANGDAISHIGESHANGDU

生者？你当然可以按照自己的理解解释，但如果再深入一步，你会发现生死的关系不只是相互否定，更是一种相互证明。

既然一切意义都是虚幻，那么，诗人何为，又一个没有结局的追问轮回。诗人身处无物之阵，那些高蹈的叩问似乎也远遁他乡，灵肉分离，而剩下的只是切肤的爱与恨。

这首诗看似在写一个诗人的书房状态和关于生死讨论的思绪，但实际上谈及的是当下诗歌的发生问题。为什么写？写什么？怎么写？似乎又回到了写作的初始，但在当下众生喧哗、鱼龙混杂的诗歌现场，厘清这个问题却成了当务之急。朵渔回答得非常干脆，对于他自己来说，形而上的东西固然重要，但如果要面对自我，首先面对的就是最直接、也最深刻的灵肉感受。

熊　焱　原名熊盛荣，中学时期开始创作，80后重要代表诗人之一，现居成都，某诗歌刊物编辑。

这一生我将历尽喧嚣

出生的时候我是带着啼哭来的
离开的时候我也必将带着啜泣走远
这人间的声响无时不在——
车辆的疾驰、机器的轰鸣
像波涛卷着我，在漩涡中浮沉
沸腾的人声、缤纷的鸟语
像浪花的水珠，滴穿时间的磐石
大地上那么多顶着烈日劳碌的农人
那么多饮下风霜赶路的贩夫
仿佛都是我啊，接受着年岁的磨损
承载着生活的重压。三十岁那年
我突然在镜中发现了鬓边滋生出白发
那是月光落地的白，闪电破空的白
露出了人生张皇的喧嚣。是呀，岁月已迫不及待
提着鞭子催我急行了。我知道，这人世没有一刻是安宁的
连睡眠中，也会梦见瞪羚被狮子追捕的呼叫
梦见绵羊被屠刀宰杀的哀号
而我一生历尽喧嚣，只为百年后我归于大地
生命才会获得永恒的皈依与沉寂

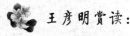 王彦明赏读：

　　显然，这不是一首纯粹的"喧嚣之歌"，意志的指认是复调的，有充分的空间拓展。如果简单地归结为对"喧嚣"的疏离，也是有买椟还

珠的意思。尽管作者说："我知道，这人世没有一刻是安宁的。"

从题目到第三句，诗歌就将"喧嚣"的囊括力呈现出来——"一生""出生""离开""无时不在"，躲避都没有时空。而喧嚣在此过程中，也在以不同的具象跳跃而出，塞满视域："啼哭""啜泣""疾驰（视觉到听觉的转换）""轰鸣""人声"和"鸟语"。尽管精神指向各异，但是殊途同归，喧嚣是一种外在的入侵，通过耳膜影响着感觉和判断，而形式则也复杂，有席卷之姿，有细磨之力，这样的磨损则将诗意引向另外的想象。

在一种身份的互质里，诗人将"劳碌的农人"与"饮下风霜赶路的贩夫"与"生活重压"之下的自我进行了对接，而视觉与听觉也实现了共通，"白"这强烈的自我暗示，昭示人生重荷的磨损之强劲。在犹疑里，会有这"鞭子"催促。

尽管诗人是圆融的，但是在一种持续地扩张里渐渐蚀骨虐心，人生的张皇转换为梦的形式。而梦又是内心精神的折射。"瞪羚"和"绵羊"这样的温和者，显然是自我的精神暗示，"呼叫"和"哀号"，从外在的喧嚣退为自我的嘶鸣。全诗的在这样转圈里，不断下降，抵近最低点，而后抵达高潮——"而我一生历尽喧嚣，只为百年后我归于大地／生命才会获得永恒的皈依与沉寂"，这并非救赎，也不是和解，而是一种圆润的精神气质，是通明思想的迸发，对于世界清晰的抚摸与指认。

施施然　本名袁诗萍，诗人、画家，曾获河北省政府"文艺振兴奖"、中国作协重点作品扶持等文学奖项，出版诗画集《走在民国的街道上》（台湾）、诗集《青衣记》《唯有黑暗使灵魂溢出》等，中国作协会员，河北文学院签约作家。国画作品多次入选国内外画展并被收藏。

唯有黑暗使灵魂溢出

我常常羞于说出一些事物，比如
一个神秘的梦境。或某个词汇
当我看到一个鼠目寸光的人在大面积地
解构一个伟人的时候
我背负的羞愧，压弯了我的腰身

因为疼痛，才感觉到生命的存在
而快乐是轻的，风一吹就散了

在我的时代，白昼有多少明亮与喧嚣
它的尸体就有多少黑暗与寂静
当白昼像巨大的追光显露出万千面具
唯有黑暗使肉体中的灵魂溢出

汉家赏读：

　　在时代的幻境里，其光亮与热闹恰恰映照出无比的黑暗与寂静。明与暗的强烈对比中，人性交杂而矛盾，就在此时，灵魂不是从明亮里而是从黑暗里溢了出来。施施然的这首诗，不谈白昼与阳光，而是直入黑暗之中，探寻着黑暗中的人性秘密和灵魂闪现。对于时代而言，无论何时都会存在"鼠目寸光"和"阴暗卑鄙"，这是人性使然，属于常识，而对于伟大和高远，在任何时代里也都难免被曲解与污蔑，这也不甚稀奇——真正重要的是，如何在面对时代幻境时保持清醒的头脑和独立的判断，即使是在所谓的阳光照耀之下也能凭着自己独有的直觉，感受到黑暗的秘密内核与精神压力，在如此的带有时代隐喻的诗意感受中，灵魂方能如遭电击一般，从而脱离感官性的束缚，溢出于肉体之外。

"我常常羞于说出一些事物，比如／一个神秘的梦境。或某个词汇／当我看到一个鼠目寸光的人在大面积地／解构一个伟人的时候／我背负的羞愧，压弯了我的腰身／／因为疼痛，才感觉到生命的存在／而快乐是轻的，风一吹就散了。"因为羞于说出一些事物，所以羞耻心凸显了出来。比如一个神秘的梦境，一个虚幻的不知缘由的秘密情景或一种虚拟而陌生的叙事过程。或某个词汇——词义的自发性联想。我看到一个鼠目寸光的人在解构一个伟人，感到荒谬之极，同时自行背负上了带有人类普遍性的羞愧，这羞愧终于压弯了我的腰身，形成了一种精神性的压迫。疼痛展示出生命的存在——疼痛促使人们审视自身的存在，而那些快乐终归是轻的，瞬间它们就会被一阵无来由的风吹散在虚无之中。

"在我的时代，白昼有多少明亮与喧嚣／它的尸体就有多少黑暗与寂静／当白昼像巨大的追光显露出万千面具／唯有黑暗使肉体中的灵魂溢出。"在我身处的时代里，白昼的明亮与喧嚣无处不在，但它有多么耀眼和喧闹，就有多少黑暗与寂静——它的金身与尸体本为一体。当白昼显露出万千面具——显出万千的牛头马面之时，此时只有黑暗方能将灵魂过滤而出——灵魂也必将脱出感官与物性的经久束缚，由此满溢而出。

塞纳河

　　描述她之前，我需要储备
　　足够的绿。梵高洗掉画笔的颜料
　　羊脂球在新桥上垂下晶莹的泪

　　两岸优雅的欧式建筑

是绅士们清晰又模糊的身影
我听到茶花女在人群中芳香的笑
柔风吹走洗衣妇微咸的体温

我看见莫泊桑在河畔摘下高高的礼帽
福楼拜用指节在大理石的桥栏上
敲打出桃花的节奏
在他们隐去之前，我挥手致以敬意

仿佛切割一块巨大的翡翠
游船划开塞纳河，而我立在白色的船头
左岸，埃菲尔铁塔是静穆的黑衣人
他的头顶上，白云浮动
托着我一颗激荡的心

在漫天的鸽鸣中，我渴望一场豪雨
暗夜中碧绿的塞纳河
雷鸣电闪，照亮雨果蘸着鲜血的鹅毛笔

苗雨时赏读：

　　塞纳河是法兰西的一条母亲河，夹岸的梧桐碧绿如荫，河水似流动的翡翠。它穿过巴黎的凯旋门和卢浮宫，在历史的云烟中，映现过雨果的"悲惨世界"，巴尔扎克的"人间喜剧"，攻打巴士底狱的炮声、巴黎公社起义的呐喊，曾是它掀动的两个巨大的波涌……它平静而狂暴，优雅而深沉。几乎每一朵浪花都负载着历史的遗迹和神奇的故事。

　　诗人乘船游览塞纳河，要领略它，书写它，头脑里，的确"需要储备"，但同时也需要眼前的观感。她站在船头，首先看到了河水的"绿"，"足够的绿"，仿佛"梵高洗掉画笔的颜料"，又好像莫泊桑小说《羊脂球》中那个善良、爱国而又被蔑视的悲惨的女人滴下的"晶莹的泪"；

接着，她观赏两岸的"欧式建筑"，感觉犹如"绅士们清晰又模糊的身影"，似听到小仲马《茶花女》中的茶花女在社交场所的笑声，也感受到柔风中那洗衣妇的身世的悲凉；继而，她进入历史的时空，在想象中，看到了莫泊桑的"高高的礼帽"，福楼拜敲击"桥栏"的韵味十足的手指，那么高贵而又优雅，于是"在他们隐去之前，我挥手致以敬意"；然后，回到现场，行进的游船划开翡翠的水面，她环顾岸畔，自己的"一颗激荡的心"，忽然跃上埃菲尔铁塔，在塔顶的"云中"浮动；最后，她仰望蓝天上飞翔的鸽群，聆听那悦耳的鸽哨的鸣响，面对这一派和平的景象，她却"渴望一场豪雨"，渴望"暗夜"中塞纳河上的"雷鸣电闪"，因为它们可以"照亮"史册上雨果那只"蘸着鲜血的鹅毛笔"……

　　这首诗，写塞纳河上的游踪与行程，诗人把自然景观与人文神韵，把现实场景与历史影像，交叠，融汇，相互映托，很好地谱写了一幅塞纳河的风景画和风情画。在这流淌的画幅中，孕育和涵泳着西方文明与法兰西精神。诗人作为一个中国的行者，对属于人类创造的文化流脉，表达了一种深深的敬仰！

浅草寺

冬天我来到浅草寺
白檐红廊，汉字巾幡
门外的银杏树上挂着唐朝的金子

我站在唐朝的建筑前
仿佛我的祖先立在他家门前
他没有死，在我的眼睛里活过来

我伸出现代的手臂
想抚摸这木头的墙壁
我看见祖先的虔诚和律令

看见祖先的乱发和歌哭

可是冬天的寒露渗出我的掌心
残缺的汉字从巾幡跳下来
我看见牌位后的佛陀一团和善
但他身着和服面目模糊

冬天我走过浅草寺
冬天我来到浅草寺过门而不入

 林馥娜赏读：

中国盛唐时期的文化远播他邦，对于到国外行走的国人，遇见保留于异域的古文化与充满古建筑元素的景物是常会出现的情况，因而往往会生出"仿佛我的祖先立在他家门前"的感慨。诗人面对异域完好存续的唐代文化，对比国内所剩无几或被动辄破坏的古迹，难免有叹惜之幽情与吊古的情怀，何况是处于常与中国起摩擦的日本。当她站在"汉字巾幡"与"唐朝的建筑前"，物是人非的错位之感油然而生，再联想到两国曾经的交恶与持续的对峙，这种错位的撕裂感更为强烈，故而转身离开，这种"过门而不入"可见作者的家国之思。

读这首诗，仿佛看一个施然而来，默然吊古，又毅然转身的女子，行止间流露出柔中带刚的飒爽之风。

中国当代诗歌赏读
ZHONGGUODANGDAISHIGESHANGDU

武强华　女，甘肃张掖人。有作品发表于《人民文学》《诗刊》等刊物。参加诗刊社第31届青春诗会。获2014青年作家年度表现奖、诗刊社2014年度"发现"新锐奖、2016年度华文青年诗人奖、首届李杜诗歌奖新锐奖等。出版诗集《北纬38°》。

乳　晕

在美国，艺术正在设法弥补生活的缺陷
纹身师正在给乳腺癌康复者画上乳晕
疤痕被掩饰起来。"看起来就像是真的"
她们自己，也相信了
被割去的乳房又重新长出了嫩芽

据说问题的关键是"蒙哥马利腺"
乳晕上那些被忽略的小点被清晰地描绘出来
纹身师在疤痕的乳房上得意地炫耀自己的手艺
他们期待着，更多的乳房
为艺术献身

那些被修饰的腺体
能不能发出迷人的香气
把孩子呼唤到母亲的身边
能不能给平坦的胸膛重新塑造一座山峰
把男人的手掌吸引过去
纹身师告诉她们"你要感到完整"
言下之意是
你只要想象，而不要去抚摸

我不会把这个消息告诉我的母亲

也不会在任何一个乳腺癌患者跟前提起
她们已经失去，却从未了解的"蒙哥马利腺"
香气消失了，但那里藏着一个伤口
我的母亲
在乡下种地，除草，洗衣做饭
她不可能坐上飞机到美国去为自己画上乳晕

 陈先发赏读：

　　这首诗质朴而气息贯通的叙述，围绕着一个基本矛盾体在展开："乡下种地、除草的衰老母亲"与"坐上飞机到美国去为自己画上乳晕"两者间的对立。偏向压制的平缓语调，强化了这种对立而导出的哀伤意味。诗中主要笔墨都用在扩大两者的距离感上了，这种距离感愈强就愈能扩张本诗的艺术效果——与一个乡下母亲相距很远的身份——美国的纹身师；与种地相距很远的动作——给乳腺癌康复者画上乳晕；与农妇相距很远的另一名称——"蒙哥马利腺"。本诗叙述的是"两端"，相距很远的两端甚至给人寄身于两个世界的分裂感，把别的乳腺癌患者的"渴望完整"与母亲的"不知失去"间的对立最终抬了出来。整首诗核心的力量来源于作者无须写出的一句：真正的完整永在母亲那里。

断　面

我希望只有黑白两种
颜色越少越好
下雪了
一个村庄或者一个女人
都有雪白的身子和柔软呼吸

夜晚也是白色的

撕开这张纸
尖锐的刺啦声
就像一个饱满的身影
扎进内心

其他颜色都是野兽

 张作梗赏读：

　　我们读她的《断面》一诗，无疑更会加深这种印象。尽管在此诗中，诗人采用了与以往不同的手法，但因为简洁的白描风致尽显，诗歌一样具备了催生、转化物象（于我所用）的力度。当生命本身不再是欲望的筹码，现实便完全可能成为我们打开梦境的窗子——

　　夜晚也是白色的
　　撕开这张纸
　　尖锐的刺啦声
　　就像一个饱满的身影
　　扎进内心
　　——《断面》

　　"夜晚也是白色的。"——这种肯定的语气，这种对物象去表存里的透视，标志着一个不甘沉沦之人对现实的绝地对抗和否定。它比那些"见山是山"的表象主义之论更能烛照出一个人内心的幽微之境。一如歌德所言，"诗人的本领，就在于他有足够的智慧，能从平凡的事物中发掘出引人入胜的一个侧面。"武强华在这儿捕捉到的，只是"下雪了／一个村庄或者一个女人／都有雪白的身子和柔软呼吸"这样一幅寻常村景，但她在这寻常之景中，却体悟到黑——白这对立两级所构成的巨大张力，这何尝不是暗示着我们人性中善——恶之间的交错对抗？因此，她才有足够的理由和勇气这样说出——其他颜色都是野兽。

流　泉　原名娄卫高，男，汉族，浙江龙泉人，祖籍湖南娄底，现居丽水。中国作家协会会员，丽水学院客座教授。著有诗集《在尘埃中靠近》、《风把时光吹得辽阔》、《白铁皮》、《砂器》、《佛灯》（合集）等。

中年书

是的
尘灰就要从天花板上落下来
仿佛人过五十
紧绷的肌体，渐渐
松弛

这座老房子，建于20世纪60年代
激情渗透每一道缝隙
它所经历的时代
充满了苦闷、欢娱，追逐
和向内的理想

现在，尘灰就要从天花板上
落下来
风敲响屋檐的铃铛
雨水与光阴交错，很多时候
木窗棂，比五十岁的人
显得忧伤

生活在这老房子里
从未想过，某一天我会像蚂蚁，无孔不入
将剩饭悄悄搬离

我看到了腐朽，但我相信
曾经的支架

高八度的颂歌
一直萦绕在岁月深处
似乎不曾有一丝
小小的停顿

 刘东生赏读：

　　这首诗将精神与肉体分离出来，再将自己对这个世界的感性和理性认知植入肉体当中，将肉体同化成这座老房子，令人耳目一新，然后将老房子构建植入自己精神向度，是独一无二的中年书，却又让很多人从中看到了自己的影子，体现了个性与共性的对立统一，可以说这一代人体现了传统逐渐接受开放，民族性逐渐融入世界性的过程，有欣喜，继而逐渐都走向孤独，无奈的过程，见微知著，从这首诗中我们能够看见作者对精神独立自由的渴望。

银　器

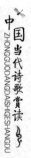

混沌中
一件久远的银器

你一声尖叫，所有的萤火
都点亮了
……器穴内部
我悬垂，濯洗，沐浴……甚至捡起
古老的树枝
一边击打，聆听

一边与渐行渐远的夕阳下的美色，形成天与地的鸣奏

秘籍打开
一场看不见的风，卷走半个世纪的
燃烧的舌头

 纳兰赏读：

这"银器"既是一件实物，也是诗人经过洗练和纯化的自身。诗是作者敲打"银器"发出来的回声，是天籁之音；也是作者自我与万物和谐为一的自然之境。在诗人的"击打"与"倾听"之间，夕阳下的美色，正是灵魂之美的写照。

辛泊平　20世纪70年代生人，著有诗歌评论集《读一首诗，让时光安静》《与诗相遇》，随笔集《怎样看一部电影》等。曾获中国年度诗歌评论奖、河北省文艺评论奖等奖项，现居秦皇岛市。

孩子，你以辞典之外的语言改变我

孩子，你以辞典之外的语言改变我；
以你突然的哭泣，黑白分明的眼睛，
改变我；以你随时的大小便，以你的任性，
改变我。在时间的交集里，我看到，
我只拥有的你的一部分，而你
却占据我未来的全部。让人心慌的空白，
我看到眼前的日子，已有了你的节奏。
你以让人担心和欣喜的蹒跚改变我，
以你无辜的泪水，纯净的伤害，
改变我。一个男人的历史重新书写，
置换自由，慢慢咀嚼父亲的沉默。
孩子，你以你的无邪改变我，
干净的白纸，我不得不谨慎落笔，
你以你的天真改变我，修订箴言，
融化板结的感动。你以你的成长改变我，
让我回到童年，再次倾听，
虫子的呢喃，和庄稼拔节的声音。

 集土赏读：

　　一首让人感动更让人思考并百感交集的作品。不仅是作为父亲的那种关切、疼爱、呵护等亲情的渲染。在这里我们还将看到，孩子如何以他那词典之外的语言融化了一个男人本已固化的部分，让他不得不退让，

中国当代诗歌赏读
ZHONGGUODANGDAISHIGESHANGDU

不得不重新审视，并调整自己。

一个靠文字言说的人，离不开词典。一个不停追寻人生真义的诗人，通过观察、剖析这个社会和世界，也丰富着他的人生词汇：也许是愤世嫉俗的，也许是怀疑的，也许是昂扬的，也许是无奈的……而词典之外的语言，是什么？于孩子而言是一个随性的动作，眼神，没有词汇的笑声和哭声，和那来自之本真性情的直接传递。你所坚持的许多，比如反抗、对峙，在此面前显得勉强无力，甚或意味着将不得不放弃很多。"一个男人的历史重新书写，/置换自由，慢慢咀嚼父亲的沉默"，正是此中况味。

但，我们宁愿相信"孩子是天使"这句话。孩子是人生中不可少的老师，像一面镜子照出人性的本来，让我们发现内心的"空白"，为之仓皇，为之审慎，为之反思。孩子会成为一个人生命轨迹的转折点。所谓"回到童年"，不是说我们真的能够返回去，而是经由生活的积累，于此时此境，方有切实的体悟。

见字如面

凝神谛听，于一个个文字里
我听到时光滑落的声音
游丝一般，飘向远方

与生计无关，与王朝无关
一个字的温度
恰好温暖一个人

"见字如面"
多么浪漫的前世
距离让文字有了人的呼吸

用一生去经历一个字

酸甜苦辣，百折千回

生死看过，只剩下喜悦的泪光

 苗雨时赏读：

　　人类的历史从此成为文字的历史。文字，作为公度性符号，是用来人与人之间交际的，属于社会所共有。但其生成，却首先来自个体生命，对个体而言，文字甚至因此而成为生命本身。生命的流动在时间中，也在文字中。所以，当你"凝神谛听"，从"一个个文字里"，你能听到"时光滑落"，像"游丝一般"，渐渐远逝。这是文字中的时光意会。而且，一个"温暖"的字，当它只属于个人，就会深入他生命的内部，安抚他的灵魂。这样，就与外在的"生计无关"，也不理会什么"王朝"更替了。由于文字是内发的，所以人与人的交往，就应该是心与心的碰撞。古代尺牍里的"见字如面"，四个字，在曾经"浪漫的前世"，不仅是现场的照面，同时也是生命间的呼应。文字里有着人的生与死，在人的一生中，能把一个"人"写好，"用一生去经历"这个字，即使遭遇"酸甜苦辣"，"百折千回"，也终生无悔。

陈忠村　同济大学博士、中国美院博士后，系中国美术家协会和中国作家协会会员，同济大学诗学研究中心副主任和安徽省诗歌学会副会长等，出版多部著作，参加27届青春诗会，有3首诗歌入选《大学语文》。

消　息

消息。院门等待的开始萎缩
荒草占领大半边路面
天气一天不如一天的暖
炊烟像河边懒洋洋的落日

春节悄悄地被关在门外
那把藤椅已坐了五十年
归来的消息传得又大又虚
草尖上的诺言不敢舍弃

故乡的草垛前
几只麻雀把雪花灌醉
多香的酒啊　没有你归来
——我真不敢独自开坛

　杨四平赏读：

　　有时候诗人们承受着严重的物质贫困和尖锐的生活断裂，摆脱不了被自己的现实抛出的感受，内心深处始终存储刻骨铭心的创疼，他寄情于书写回忆和想象，希冀借助于语言的通道重返自己的精神家园。

　　在陈忠村的许多诗歌中描写故乡的有两种，一是远离故乡，把自己书写成一位"游子"；二是身在异乡中的"故乡"，而心却活在故乡中的"异乡"。这首诗属于后者。消息？什么消息？！"我"要归来的消息？不，不是，是"我"真正"灵魂"要归来的消息。长久没有人居住院门萎缩，长久没有人归来路面长满荒草，天气一天比一天冷，正值冬天，炊烟升起、太阳归来，"我"在哪里？我的"灵魂"又在哪里？春节能团聚吗？真不知道。

"天气一天不如一天的暖"这一自然现象搅动诗人内心的思念，诺言的重量虽然只有站在草尖上的轻，那也是一种真诚的声音、期盼。归来是诗人回家的理由，但"故乡"家中的"藤椅"太熟悉不过了，它留不住岁月，无奈中又一个春节远去。故乡的草垛前麻雀与雪花嬉戏，是一段"我"对故乡"真诚的记忆"，酒的香味复活了诗人心中的——活故乡。

本首诗的内容让人回味，院门、炊烟、落日、麻雀、雪花等它包含健康的、活泼的、催人奋进的内容或者说是韵味；本首诗的语言很丰富，"故乡的草垛前/几只麻雀把雪花灌醉"，通过语言为媒体直入诗歌内在的美感；诗的内涵十分深刻，作者通过"有意味的形式"所呈现出来的内涵之美无穷大；诗中空间的无言大美，"多香的酒啊　没有你归来/——我真不敢独自开坛"，随着诗人角度的变化而增加感情的变化。

十　鼓　本名宋文军，70后，祖籍山东，现居辽宁。诗歌作品散见于《诗刊》《星星诗刊》《诗歌月刊》等文学刊物，作品被收入《21世纪中国最佳诗歌》《2016中国诗歌选》《中国新诗精选300首》等。

盲人的故乡

他看不到故乡
他埋伏在村口等故乡
他知道自己是故乡的后人
故乡是他的理发师
他听得到
掉在地上的黑暗的声音
那是他的光明死去的时间
对故乡
谁也没有他凝望的深情和敬畏
他知道故乡三月的桃花像云
他沉默地等候
他似乎是故乡唯一正确的人
相信那白的柔软
和树林边湍急的河流
正在归来

流泉赏读：

对于一个漂泊者来说，他心中最大的念想自然是故乡。因而，几乎所有离开故土的诗人都写过故乡。不要问我这是为什么？因为，只有故乡才是精神之根脉和寄托，换句话说，只有离开，才有深切的体悟。正因如此，"乡愁"太多了，要写出新意实在太难了。但十鼓的"故乡"有自己的特色。首先，他以"盲人"的视角去"看"故乡，出手就不凡，在我看来，这里的"盲人"有双关意义：一是原义，眼睛看不见的瞎子；二是喻义，精神上找不回故乡的"瞎子"。双重意义的交错和叠加，为整个文本提供了更宽阔的指向。其次，这个"盲人""埋伏在村口等故乡……故乡是他的理发师"、"掉在地上的黑暗的声音／那是他的光明死去的时间"……在语言建构上，诗人运用新颖、繁复的隐喻性，强化主旨发散，"理发师"和"光明死去的时间"，用得精妙，不仅个性，而且创造了很大的诗意外延空间。最后，我要说的是，这个"故乡"是深层次的，不仅仅是指出生地或曾经长大和生活的地方，而是指不确定的精神高地，有句话说——"心在哪里，故乡就在哪里"，是也。在解读十鼓这首诗时，虚实相间，"盲人"和"故乡"都是虚的，而作为精神指向的"目的地"才是实的，所以，"他凝望的深情和敬畏"才能从骨子里一点一滴往外渗透。看上去，《盲人的故乡》的叙述方式是拙的，但"拙中见巧"，最终成就了这个不一样的"故乡"。

东　篱　中国作协会员，河北省作协诗歌艺委会副主任，唐山文学院院长。出版诗集《从午后抵达》《秘密之城》《唐山记》。曾获河北诗人奖、滇池文学奖、红高粱诗歌奖、汉语诗歌双年十佳奖、西北文学奖等奖项。

晚　居

余下的时光，就交给这片水域吧
还有什么不舍？还有什么纠葛
难以释怀吗？
一把水草，可食可枕
一捧清水，足以涤荡藏污纳垢之心
风声、鸟语、波浪，是阅尽人世的
无字之书
做个明心见性的听众吧
以戴胜、夜鹭为邻，但请勿打扰
见鹬蚌相争，也不行渔翁得利之事
闲暇就划船去看水中央的那棵树
静静坐一会儿，"相看两不厌"
仿佛两个孤独的老朋友

　　辛泊平赏读：

　　东篱的《晚居》，没有坠入对意义的多重阐释，而是以感性的认知表达了古老而又年轻的问题的回答和确认：生命的归宿不仅仅是哪个具体的名山大川，更应该是灵魂的释然、自足与欣慰。

　　昔日的利益，昔日的纷争，在生命的天平上最终会从虚幻的荣辱中突围出来，成为虚无。"一把水草，可食可枕/一捧清水，足以涤荡藏污纳垢之心/风声、鸟语、波浪，是阅尽人世的/无字之书"，洗尽铅华，就是生命的底色。所以，就做一个明心见性的听众吧。一种无为的清净，但同时也是智慧。因为，透过沉重的皮囊，诗人早已感受到灵魂的轻盈与丰满，所以，他才学会了谨慎的退守，安详的谛听，"以戴胜、夜鹭为邻，但请勿打扰/见鹬蚌相争，也不行渔翁得利之事"，真正融入自然，抵达天人合一的澄明。闲时看树，和树一起参悟静止的力量，然后，心心相通，"相看两不厌"。此时此地，生命摒弃了"要"的负累，只剩下众生大同的自足与宁静。

苏　黎　女，甘肃山丹人。中国作家协会会员。在《诗刊》《人民文学》等刊物发表作品多篇（首）。出版散文集《一滴滋润》，诗集《苏黎诗集》《月光谣》等。作品入选多种选本。参加过《诗刊》第24届青春诗会。

月光谣曲

月光，月光：
门前马莲滩上一件没有收走的衣裳

我到场院的旧草垛下等人
瞭望

月光，月光
一只秋虫在草地上绣着忧伤

月光，月光
照着山冈和我的村庄

你是母亲黑夜里寻找孩子时
手里打着的灯光

月光，月光
我在沿着往事往回走的路上

母亲啊，我要还给你
你喊我小名的那一声疼
还给你想你的那一滴忧伤

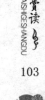

东西赏读：

　　人有悲欢离合，月有阴晴圆缺。《月光谣曲》由一个月夜想到了母亲，声情并茂地写出了失去母亲的痛彻心扉和怀念。作者通过多层次多角度，反复强调月光，由视觉到听觉，由点到面，由近到远，写出了自己怀念家乡，怀念母亲的沉湎心情。触景伤情，由月光想到了灯光；借景抒情，秋虫都在绣着忧伤。天地如此之大，月光如此明亮，照着山冈和村庄，照着旧草垛，照着旧草垛下等人的"我"，"我"在等谁呢？照着回家的路，这条路是哪条路呢？当初是母亲等着"我"回家的路。这时，一个画面出现在了我们的面前，漆黑的夜晚，孩子还没有回来，或者是上学晚归了，或者玩得忘了回家了等等，你可以想象出无数个晚归的场面，小路上，母亲提着一盏灯焦急地喊着"我"。这条路是当年母亲找"我"时手里提着灯盏照"我"回家，是作者一步步走出乡村，走到城市里的路。当年母亲总能等到女儿回家，可是如今女儿却永远等不到母亲了。人物置换，月光和灯光置换，但母女二人等待的心情是一样迫切的。如今，作者又站在这条小路上，月亮是不是母亲手里的灯盏，母亲是在天国里提着灯盏照着女儿回家的路。这条路也是女儿逆着时光倒退的路，往回走的路，回到小时候的路，怎样才能退回到过去，退回到母亲身边呢——月光成了一条永远的怀念之路。

颜梅玖　笔名玉上烟。供职于宁波某报社。著有诗集《玉上烟诗选》和《大海一再后退》。作品被译介到日本、美国等地。获人民文学年度诗歌奖和辽宁文学奖等奖项。

你的孤独

在你的孤独中，雨越下越大
你提起的事情
我一件也不记得了
我们之间，连回忆
也变成了你一个人的事情
我几乎失去了记忆
或者说，庸常而忙碌的生活
让我顾不上回忆
更顾不上生存之外的事情
现在，我只记得眼前
我忘记了曾经富足的日夜。上个月
我连母亲的生日也忘记了

做晚饭时，我又想起了你的孤独
一个土豆被我削了很久很久
昨天我发现
我的头发又白了一些
我放下土豆，开始温柔地给你回信：
是的，是的，亲爱的，你瞧
你说的那些事
我全都记起来了……

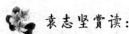 **袁志坚赏读：**

这首诗的第一节几乎还不能称其为诗，更像是一封信，语言也是散文化的。第二节，诗性显现出来："做晚饭时，我又想起了你的孤独"，将"你的孤独"与"我的记忆"联系起来，成就了这首诗。

在心理学上，"情感记忆"是对曾经体验过的情感的记忆。对情感的体验是存储在记忆中的，某种视象、某种气味、某种触感、某种氛围、某种情境，都有可能激发出记忆深处的这一情感。情感记忆的形成，与生活中的某部分是紧密关联的，难以隔离、难以磨灭，它强烈地提醒着自我的存在。

情感记忆可以是一首诗的来源。"庸常而忙碌的生活／让我顾不上记忆／更顾不上生存之外的事情"，失去记忆其实就是失去了自我认同，乃至失去了主体价值，所谓的"生存"即是对存在的否定。但是，"做晚饭时，我又想起了你的孤独"，诗人被一段深藏的情感记忆唤醒了。诗人也找到了自己："昨天我发现／我的头发又白了一些"；今天，"一个土豆被我削了很久很久"。诗人的思绪飞到某段往事之中，最终，"你说的那些事／我全都记起来了……"。诗歌至此形成了召唤与应答的情感共通，形成了"你"和"我"的共同记忆。

整首诗情感逐渐凸显，距离越拉越近。"那些事"三个字，留下了"你"和"我"足够动情的隐秘空间。

读茨维塔耶娃

她拿出了自己亲手编织的绳套。她看了一眼乌云下的叶拉布加镇

"我可以动用祖国给我的唯一权利"。她想

她把脖子伸进了绳套。卡马河依然平静地流淌

而俄罗斯整个儿滑进了她的阴影里

苇岸赏读：

对于俄罗斯白银时代涌现的灿若星辰的作家诗人，任何浸淫文学较深的中国作者，无不为之沉醉，着迷。这不光是他们才气逼人，更是他们身上独有的精神禀赋，以及无常命运加载的苦难，托起了人类的文学高峰，而彻心入骨。其中，尤以阿赫玛托娃、茨维塔耶娃为代表的一批女诗人，更是创造了诗歌的伟大、深邃与久远。因此，颜梅玖能如此凌厉而满含热泪地书写茨维塔耶娃，就不足为怪了。诗写茨维塔耶娃之死，共四行，每一句都蓄力劲道，叙述背后的张力加大诗的意味。诗人自杀被赋予了国家意义，以及集权悲剧的果决，这在诗歌中并不多见。诗中，故乡、祖国、俄罗斯，与"她"之间的关联，被一根无情的绳套了结。一首诗的命运感却因此而更加耐人寻味。最后一句，创造性地喻示一个摧残人性的集权必然惨淡收场，悲剧性地定格在一个诗人自杀的阴影里。重音鼓耳，余味回环。

尼古拉

他带来了伏尔加河的波浪
中年的尼古拉，高大，健壮。每年夏天
都会光顾万恩专卖店
他总是固执地让我把商品打五折
我不知道这是否来自一个水手的经验
他喜欢中国货。喜欢唱两只蝴蝶
喜欢突然抱住我
他常用蹩脚的汉语告诉我
伏特加，葡萄酒，鲜鱼汤，大雪，木屋
他传奇的半生和无数次风浪
以及像母牛一样火热的六个异国情人

船停靠在码头的日子，卷发的尼古拉
就看见了奶酪和天堂。他最自豪的是几十年前
曾有一个美丽的中国女人，在伏尔加河畔
穿着粗麻布长裙，为她亲爱的祖父——老尼古拉
做圆面包和甜菜汤

 聂广友赏读：

　　读玉上烟的诗《尼古拉》，我一下子就接受并喜欢上了它。它饱满有力，整首诗浑然一体，它的语调缓中带急，整首诗都是在述说尼古拉怎么样尼古拉怎么样，每一句好像都有些迫不及待地滚滚欲来，前面的浪花还未曾消失，后面波浪又扑了上来。这样一种节奏，只有当写作者一切已积蓄于胸中时，才会有如此多的急促，这说明，诗人对这个诗中的对象尼古拉已了然在胸。在潜在的层次，我们好像又得出这样一个印象，好像诗人已然化作了诗中的对象，并且他正替代着尼古拉本身在述说一切；诗的节奏一气呵成，在一种以一气贯之的气势中，并没有穿插其他的明显的线索在其中，它干净利落，有的只是一些叙述的节奏的恰当的调整与延展、积蓄，好像，一切又都只是为了能把这个气场培育出来。这种有意的选择所带来的局面是：整首诗浑然一体，又如同一个浑然的事物本身；就好比一个事物，从打开的一刹那到它最后关闭的一刹那，它已经完成了它的使命，完成了它内心的各种渴望。其中，作者在替代诗中对象的过程中，一直保持了一种忘我的姿态，在替代事物述说期中，作者本身好像也有意要隐藏起来；而实际的表现是，作者在整个述说过程中，也并没有显示出要打断这种节奏、过多参与进去、发表自己观点的愿望。一切的潜入都是无形的，一切的投入都是忘我的，唯其如此，它才是浑然一体的、有力的、打动人心的、完整的。这种专注，这种对对象事物扮演时的投入，正是保证此诗质量、保证事物述说成功之关键。这个局面，让我想到了一句话：事物的内部正在述说。

谈雅丽　20世纪70年代生,曾参加诗刊社第25届青春诗会。获华文青年诗人奖、台湾叶红女性诗奖、东丽杯鲁藜诗歌特等奖等。个人著作有诗集《鱼水之上的星空》（二十一世纪文学之星丛书）、《河流漫游者》和散文集《沅水第三条河岸》。系中国作家协会会员。

有如水草

我有随波逐流的天性,湖边小镇生活十年
如一株沉水的苦草
叶片碧玉,毛孔洁净。早已习惯白天浊重
夜晚清澈的水声

我和十里铺的渔民一样
依赖河汊沟港,野蒿青芦生存
相信巫师、蛊毒和水域里存在着
不知名的神仙和鬼怪

我生活着,饮尽了鸟语和湖风
当我穿过堤坝,融入人声沸腾的集镇
在波涛与尘灰纵横交织的音符里
我是否如乐谱中不经意的那一逗点,并不重要
我用笔渔猎,识得人世确有尘埃一样的慰藉
及悲伤

感受过湖水的清凉彻骨,我也领受过它
丝绸一样的光芒
我有幸拥有鸿毛一样轻小的幸福
有如水草,涨水时——
我拥有着一百亩湖面的富饶

退潮时，只剩下一百亩湖面的空旷孤独

在水中，我身体里同时含有双重的深渊
一重为深爱，一重疑为污垢……

 龙扬志赏读：

　　一个作家只有把文学之根深深扎入生生不息的故土家园，才能真正汲取大地赋予苍生的启迪，因为主体对于世界的认知与思考，总是从熟悉的颜色、声音和气味的感觉开始。谈雅丽跳出当下诗人深陷其中的小情绪抒发套路，力图在个体感知和生存境况之间建立诗性关联，这种选择表面上看是策略性的，但是如果没有发自灵魂深处的家园之爱，很难想象她会如此持久地游走于湖湘之地，再造她内心的文化版图。她的诗歌充满了丰富的生活细节，它们以独特的方式介入诗歌文本的生成，建构起一个独特的诗性世界，她对鲜活意象的裁剪显示出功力深厚的美学涵养，使经验统一于主体的思索。比如诗歌《有如水草》，此诗乍读感觉意象繁复，实际上脉络清晰。水草是水乡极为习见的事物，诗人以其作为自我身份之象征，平凡自在是一方面，另一方面还代表了生命的丰饶与空旷，眷恋与警醒，这些特征最终统一于脱俗的尘世之爱。在我看来，这首诗之所以构成了诗人自我现实定位与理想志趣的隐喻，固然与湖边小镇十年水乡生活经历分不开，更重要的还是受到唐诗宋词的蛊惑与濯洗，当她沿着渐见开阔的河流行走，韵致典雅、格调清朗的人生境界也由此而打开。

王自亮 1958年出生。浙江台州人。著有诗集《独翔之船》《冈仁波齐》《浑天仪》等，诗作入选多种全国诗歌年度选本，多次获奖，部分作品翻译成英语、西班牙语。

钟表馆

许多钟表在沉睡。没人能指出
一次滴答所耗费的帝国银两：
流动的运河，无止境的游戏。
也没有人记载，行围狩猎时，
夕阳的一片金黄色中，无数支
穿透天空的箭镞，如何带着
时间的血迹，返回珐琅的钟面。
在钟表馆，没有人会去校准
难以叙述的"此刻"，以免碰坏
无数个特别的过去。唯一的心情
是制止那个著名的伦敦钟表匠，
与帝王合谋，砍下志士的头颅。
不再怀念山冈上徘徊的起义者，
也没有人在宫殿一角注意到
那形形色色的钟，怎样走时报点：
开门、奏乐与禽戏，更多的用途；
没有谁留心究竟是发条，还是
惊奇的坠砣，带动齿轮毕生劳作？
在钟表馆，没有多少人想知晓
一个雨天的闲谈中所割让的疆土，
了解大臣与时钟，献媚的技艺。
从朝廷的传言，到斩首的邀请，
情形复杂得像钟表无与伦比的内部；

人心的法则却如指针那么简洁，
有时成一个夹角，有时如一支响箭。

 陈先发赏读：

读到这一句——在钟表馆，没有人会去校准/难以叙述的"此刻"——我想，这个月这堆诗里就选它了。这首诗的形体、词与词的贯通与断行、语速的变化、语义的演进，有着颇为精准的法度，正如所述之物——钟表般的精确，以最精准的语言去叙述最变幻莫测的"歧义""他味"，正是诗之所为。正如物理的指针之于虚无的时间，定量与变量的交织在十几行断句中拓出了新的多义的空间，这就是诗的空间。遗憾的是，诗中"人心的法则却如指针那么简洁"等句，仿佛一个人过于急切地要将谜底"示众"而形成败笔。

伤 水 原名苏明泉,1965年生于浙江玉环岛,少年开始诗歌、散文、文学评论创作。曾用笔名阿黎、卡斯。出版有诗集《将水击伤》《洄》等。作品入选《中国先锋诗歌档案》《新世纪5年诗选》《中国新诗选》以及各种诗歌年度选本。

一株自杀的闪电

一株闪电,是的,我没写错,不是一道
那炽白的枝丫,就用于瞬间的折断
倏忽一现
完美的自杀没有遗物
黑暗的无边波浪,又把一切消匿
一株闪电,显然没能抓住什么,甚至来不及面对
但她映亮了我惊恐的眼
她也肯定瞥见了我苍白的脸
我哪个角落存有邪恶,会被雷劈?在响雷轰炸之前
我能检点的,不是失败,不是悔恨
是听命,服膺,遵从
"使命运成为命运"
我曾以为我胸腔有天地这么空阔
一株自杀的闪电
以榜样的力量,一眨眼便把我撕碎,叶片纷纷扬扬
内心一片滂沱

 王自亮赏读:

　　伤水的诗,除了激荡、灵动和有力之外,还有一个非常突出的特征,就是瞬间把握世界,穿透事物核心和发现"意外"的能力,经常贯穿了一种戏剧性的力量。这首诗似乎就是一个例证。

闪电在"自杀"的过程中，瞥见诗歌主人公苍白的脸，还有他行将崩塌的内心世界，几乎是撕裂他，拷打他，质问他。闪电自杀之中，保持着某种完美，不留下任何遗物，闭合成新的黑暗。但作为遭遇者的主人公，在闪电自杀过程中，想起了一生中的所有往事，所有的内心活动，一切被照亮了，带来了恐惧与宿命感。闪电的自杀是个启示，也是个绝对律令，使主人公不由自主地遵从其召唤，服膺于其狂暴中深沉的爱。事实上，这是一种拯救。面对死亡的恐惧，反而获得了洗礼、碰撞和重建。

　　从诗的建构和语言来看，伤水总是那么奇特和超现实。诗中的闪电与树，在瞬间就建立了有机联系。而人与闪电的关系，是互为注视的，定格的，被戏剧化了的。诗句构造、修辞和节奏，是强烈的，不由分说的，甚至带有狂暴的色彩，但诗歌中的氛围营造和时空转换，以及对命运不可知的暗示策略，却使诗歌文本产生了神迹显示一般不可撼动的魅力。

杨碧薇　诗人，作家。云南昭通人。著有诗集《诗摇滚》《坐在对面的爱情》。

大运河

运走了丝绸、茶叶、青花瓷和冷兵器
运走了拥抱天下的野心、闯四方的壮志
运走了断桥雪、江南春，离人心上那一刀
晓风残月
运走了帝王、忠臣、匪盗、落魄才子
还有铁马蹄下，泣涕琵琶的美人

也运走了流水，运走倒影在它上面
庞大的繁华与荒芜
最好是，把肉身也运走
把欲望喊空，不留一根骨头
再把时间运走，不留一粒
在逆向突围的力中，决绝地
碰碎自己的砂石

但是它已没有力气，搬运
飞机、动车和高速公路
那些肺里豢养粉尘的人，他们内心猛长的杂草
越来越快的爱情，它也跟不上了
今夜，它只与我
在高楼林立的长三角对饮
我，一个指鹿为马的偷渡者
顶着倾覆、溺水、扣押、消失的危险
在它面前，坦诚地交出我暧昧的前世今生
和最后的退路

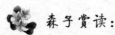 **森子赏读：**

"运走了……"几个排比句，快闪的镜头，柔弱与坚硬的事物和节奏，然而一直运下去也会走背运，连自己也要被运走。流水沉醉其意而不自拔，没什么不被运走，也可视为俗常的走运与背运。大运河运走了该运的东西，不该运的东西，连时间也逃脱不了被运走的命运。对了，其实写的就是人世间可运送的事物，可返回或一去不返，包括意念、思维与雄心，包括运输工具本身——人的发明物，最后都要落单、落寞、落空。心境转移，也许意念才是人最大的运输工具。

大运河——遗迹或符号早已经不胜其力（也是人放弃的结果），它比不了现代的运输工具，它也会顾影自怜，但所幸它曾运载过的野心、壮志不比今天少一点，甚至是过多。诗人迂回、关照、反射萎养粉尘的人，内心猛长的杂草，越来越快的爱情……直抵现实的加速度——快要什么？依然是个茫然的问题。

转回笔锋指向自身，指鹿为马是对自我的提醒与反讽（诗人的困境：失语还说，言不由衷，多次转喻后目标的消失等，这里不多论及），而偷渡者象征着冒险。在弱水中诗人只取一瓢，坦诚也是暧昧的勇气，恰似水流向低处——也是无处，深渊也是诗人之家，诗人被不可抑制的内心交出。最后的退路其实是没有路，这差不多是退路的正解。因为前面已经写过了，历史代我们经历过了，这是历史的另一个作用，代我们经历不曾经历过（或正在经历）的繁华与荒芜。尽管历史、大运河是我们的审视之物，思辨、忧思之物，它依然可以运载我们的命运，哪怕它没一点力气。

由大运河的往昔切入当下，诗人的退路就是没有退路。引申了说，即前人走错的路，我们还在走；明知大而无当，依旧急切于高屋建瓴……动作（行为与欲望）也许是最要紧的，然而命运还是未知数。

与大运河对饮——诗人形象的建立尤为重要。林立的高楼如丛林背景，现世挤压的法则使这一形象更加突出。杨碧薇的诗运思大胆而开阔，诗节承转效率也很高，言词果敢而不失怜悯与温情，其底色耐人寻味。

古 巴

哈瓦那的海风，总在这般
突然的寂静里，与暮色
牵手游荡至街角。
二楼窗前，我叼着父亲的雪茄。
围护我的墙壁，与一百遍Chan Chan促膝，
共享一小点凉意。

下一秒就晚了。我要
穿上红色吊带衫去找你，
给你白日梦，和一支伤感的舞曲。
月华轻轻捻开，你的旧钢琴走在非洲大草原上，
喔，蓝黑相间的斑马。

火焰的中心，我轻颤着聚集自己。
你把我的光芒脱了一地，
在爱与灼伤间，拥抱我荒废的城堡。
风暴呀，漩涡呀，遥远的
赤道比基尼，海平线鼓点，被煮沸的冰川都成了浪
……

而孤独发生在
我的绣花裙摆旁。
我半边脸的胭脂，辉映
想象中的棕榈林。很快，火车会把一切，
包括我，
送向你缺席的黑夜。

孙大顺赏读：

在这首名为《古巴》的诗中，异域风情贯穿其中，飘逸，明亮，忧伤。其实诗歌写作从来都没有真正的旁观者，只有琐碎生活智慧的守护者才有资格掏肝献肺，贪念钟爱的一切。

"而孤独发生在我的绣花裙摆旁。我半边脸的胭脂，辉映想象中的棕榈林。很快，火车会把一切，包括我，送向你缺席的黑夜。"我看到一个优秀诗人必须具备的优秀品质，杨碧薇诗歌写作中其先锋的写作姿态里有难能可贵的自省意识，这种清冽晶亮的节制能力来自于坚实的语言基础和细微的技术掌控，更重要的是作者看似前倾、急促、破碎、尖锐、喧闹的背景之后，蔓延着巨大的静，像蜻蜓点水微澜之后的静，一种由内而外舒缓的静，无需修辞的，内心充盈着爱的静，而这种静，就是作者说过的对诗歌深深的敬畏，对世界，对生命深深的敬畏之情。

远　人　1970年生，当代诗人、作家，著有诗集《你交给我一个远方》及长篇小说、散文集多部，现居长沙。

我喜欢漫长的阅读

我喜欢漫长的阅读，在无数个日子，
我一声不响，削弱一本厚厚的书。

一个漫长的故事，它将完成
一次粗野的考验。它的力，将深入

河流、天空、宇宙，乃至上帝，
而我，将在漫长里来到我的尽头。

辛泊平赏读：

　　这首诗很短，仅仅六行，但这六行诗却涵盖了阅读的过程，读者的心灵，以及生命对生命秘密的打开与顿悟。诗人没有交代为何喜欢漫长的阅读，却把漫长阅读的现场描述出来，让读者想象那一本本厚厚的书被削弱的痛苦与幸福。在阅读中，一个故事即是对一个世界的想象，一次停顿即是对生命源头的一次回眸。它考验阅读者的耐心，更考验阅读者的心智。

　　在故事从破碎到完整，再由完整到破碎的转换中，阅读者也开始分流。那些把阅读当作消遣的人，将沉溺于故事的表象，在光怪陆离的碎片中迷失，然后，生命无根。而真正的阅读者，成熟的阅读者，或者说有慧根的阅读者，却能从传奇里读出现实，在海市蜃楼里看到心灵，在飘忽不定的浮云中再次感受真切的河流和天空，进而倾听宇宙和上帝的呼吸。在这个精神之旅中，生命从肉体出发，借助想象，由实到虚，体验生命飞翔的快乐；然后，生命从灵魂转身，借助生命自身的重量，再次回到肉体，"而我，将在漫长里来到我的尽头"，这里的尽头，也就是源头。至此，肉体与灵魂合二为一，你中有我，我中有你，不可分割，经过阅读洗礼的生命诞生。

从生命开始，经由漫长的阅读，再回到生命，这是一个圆形轨迹，正如人生。诗歌的圆形结构与阅读轨迹形成互文，并相互印证，犹如一粒沙里看世界，智慧只在一念中，只可意会不可言传。

天　界　1969年出生，浙江黄岩人，中国作协会员，以诗歌和评论为主。2008年参加诗刊社第二十四届青春诗会。业余编《浙江诗人》《黄岩文学》诗歌。

蝉

一个含着蝉死去的人，
正和神进行密语。

他就是神。
矮橘寄养过他的肉体。
他在灰色山坡上，
收起翅膀。

时间欢乐而沸腾，
到处奔跑着夏天的孩子。

他是伟大而荣耀的先知。
每一声歌唱，传递给人间生命的真理。
引来鹤的叫声。

直到有一天，
大风运走黑夜，搬来白色露珠。
他完成使命的肉体，
从矮橘上，

一个翻身，填补了大地一个窟窿。——
一个含着蝉死去的人，
蝉替他完成了另一生。

涂国文赏读：

天界的诗歌，具有一种神秘性，或者也可称之为"亚神性写作"。这种"亚神性"，与信徒朝觐灵山的那种神性有着本质的不同。准确地说，天界诗歌创作的"亚神性"，表现为一种"神话性"与"神秘性"的合一。首先它带有强烈的神话色彩，有着浪漫主义与超现实主义媾和的玄幻特质。其次它具有一种幽暗的神秘性，是诗人在心灵的密室与站立于云端的神进行的心学交流，它已超出俗世层面，而进入到了一种准宗教层面。从艺术表现手法上看，他的诗歌，无论是整体构思还是诗境的营造，大多想象奇特、出人意料、几无俗篇、俗句。这首《蝉》诗，非典型地呈现了天界诗歌创作的鲜明个性。

上弦月

——从古典到超现实，她有着骨子里的美。

天鹅的脖子。躲避过无数贪婪；
崇拜乃至邪念。

当我说美，她的锁骨月光下微微一耸。
江山随之立起来。

她收留溪水；
梦；夜晚每一次荡漾。我迷恋她。
当我说美，她会伸出柔白的手。

从人间到天空
隔着一层薄薄婚纱，古老渡船送来信物。

我爱她清凉，饱满乳房。爱她
爱我不舍一切。

她是我的。
一个人时，我爱得更加狂热。
偶尔焦躁不安。一个人时，就想她。

李浔赏读：

用意象写诗，自古以来一直是中国诗人的法宝。当然，西洋的诗人也不乏挖掘意象入诗，如美国印象派代表诗人埃兹拉·庞德等。20个世纪80年代意象诗大行其道，从90年代以来，随着新叙事诗的兴起，意象入诗正在淡化，但仍有较多用意象入诗的精彩之作。天界的这首《上弦月》就是意象取胜的诗。这是一首相思诗，诗中用"天鹅的脖子""她的锁骨""她收留的溪水是柔白的手"等意象代表了作者的相思对象。在一首诗中有如此密集的意象，且这些意象又如此形象贴切，故该诗也是值得分析的。其实意象是把双刃剑，找到一个正确的意象，能使诗含蓄，更有意外的张力。而意象使用不当会弄巧成拙，过多使用意象会冲淡诗中所要表达出的情感，也会让读者觉得这样的诗是装腔作势和虚情假意。这首《上弦月》的巧妙之处是，用三组下弦月的形象来衬托出作者心中的"上弦月"。由此可看出，由"瘦"的"天鹅的脖子""她的锁骨""她收留的溪水是柔白的手"到"饱满"的"上弦月"，这个过程是作者用反差的意象层层推进的，也取到一种新的表达方式。也许这就是这诗的成功之处。

中国当代诗歌赏读
ZHONGGUODANGDAISHIGESHANGDU

韩文戈　1964年生于河北唐山，当代诗人，著有诗集《吉祥的村庄》《晴空下》等，现居石家庄。

开花的地方

我坐在一万年前开花的地方
今天，那里又开了一朵花。
一万年前跑过去的松鼠，已化成了石头
安静地等待松子落下。
我的周围，满山摇晃的黄栌树，山间翻卷的风
停息在峰巅的云朵
我抖动着身上的尘土，它们缓慢落下
一万年也是这样，缓慢落下
尘土托举着人世
一万年托举着那朵尘世的花。

　辛泊平赏读：

　　我要说，韩文戈的《开花的地方》是首带电的小诗。几行文字，静静地站在一起，却产生了一股奇特的电流。因为，纯粹的文字，有了超越文字的飞翔，有了翻转时间的力量。

　　"我坐在一万年前开花的地方／今天，那里又开了一朵花。"多么棒的开始，时空没有转换，但诗人已在瞬间完成了时空的穿越，一万年的花，如今再次开放，只是，这花已不再是尘世的花，它开出了轮回，它的花蕊中藏着禅意。

　　"一万年前跑过去的松鼠，已化成了石头"，在这里，松鼠和石头都不是一般意义上的诗歌意象，它是一种印证。它让我们看到沧桑，看到死亡，看到亘古不变的生命法则。然而，无生有，有生无，不信，你瞧，那石头也像松鼠一样等待落下的松子。无情的时间，在诗人眼里，

以自然的方式呈现出多情。于是，山间的草木，翻卷的风，也便有了灵魂，它们"停息在峰巅的云朵"，以流动的姿态，书写时间的不朽和生命的传奇。

万物如此，诗人也如是。在天人合一、物我两忘的境界里，诗人终于看清尘世的本来面目。它的狰狞，它的虚妄，都不过是一种表象；那让人世不堪的生存困境，那在尘世磨出的伤口，那沉重的日子，那伤害，那疼痛，那屈辱，在自然的世界里，也不过就是落在身上的尘土，你轻轻地抖动，它们便"缓慢落下"，就像一万年之前一样。放下我执，于是，生命纯净如初，灵魂轻盈如初。

李曙白　中国作家协会会员，民刊诗建设杂志社社长。江苏如皋人。1968年起插队8年，1977年参加"文革"后第一届高考，入读浙江大学化工系，毕业后留校至今。20世纪70年代开始文学创作，已在《诗刊》《星星诗刊》等发表诗歌、散文诗数百首（章），出版诗集《穿过雨季》《大野》《夜行列车》等。现居杭州。

收　获

当我们学会从原野中采集花朵
从一片树林获得果实

当我们不再需要证明秋天
当我们关闭谷仓
把弯下腰捡起一支谷穗当做幸福

当我们把贝壳还给大海　把水还给河流
把姓名还给父母　把一生
还给泥土和吹过草叶上的风

🌸 唐晓渡赏读：

　　不需要特别敏感也能发现，全诗其实只是一个句子；若做严格的句法分析，应该说不过是一系列条件从句，因主句始终阙如，只能算半句，甚至小半句。昔北岛曾因"一字诗"（标题：生活；正文：网）而受到包括艾青在内的同行诟病，那么，曙白的这首"半句诗"又将如何？对我的阅读视野来说，遭遇类似的案例并非首次，但若论"运用之妙，存乎一心"，以至臻于"不着一字，尽得风流"的境界，则迄今罕有出其右者。事实上，这首诗的标题和三个条件从句已如冰山露出水面的部分，暗含或启示了水面下庞大的主体（句）；不说出是因为无需更多说出，是因为说出的再多，也不会比未说出或说不出的更多。此人生精义所在，亦诗之精义所在。仅就说出的而言，其开—阖—开的内在结构本身就已足够意味深长。尤其是末节一连四个"还给"，由远及近，所言皆为在世的根本；将此根本之物悉数奉还（西谚所谓"恺撒的归恺撒，上帝的归上帝"），既反衬了前两节，使表面平凡的获得更显真实和难能可贵，又渐次敞向我们的所来和所往之处，敞向哲学或本体意义上的虚无。如此豁达、旷远和本真的胸襟——我不知道还有什么比这更大的"收获"。

李郁葱　男，1971年生。中国作家协会会员。出版有诗集等多部。现居杭州。

转经轮

转动，一个小的世界。我们把握中的
咫尺之间，它在我们的身边
我们把世界带在身上
把那重量和虚无，把那浩渺的灵魂
依附在这，这小小转动中的宁静
我们允许它在自己的把握中
展示一个梦想的内部：它是真实的
这陡峭的摇动，或者比世界更加真实
它企及我们的孤独，或者，它就是孤独
在一遍又一遍的反复中
它独立于我：它在风中转动
那片刻就消逝了的，莫非是
始终在我们耳边低语的？那找到我们的
也在我们被觊觎的繁华中——
我们那平坦的心，被怎样的坎坷所围拢？
当转动，一个目不暇接的舞台
徐徐展开如八角街外的游人
它丈量我们的世界：那么高，又那么低
我们进入，但终究是一个旁观者
我们转动，听不到风的声音。

128

 韩高琦赏读：

转经轮，信众的日课之一，在李郁葱的音乐思维中呈现是最合适的。

它的宗教寓意非我们俗人所能意会。诗人没有故弄玄虚，他只是带我们入乡随俗地来那么一下——"转动……"——于是整首诗仿佛小陀螺般转起来了，带出了一首神性的小乐曲。我们也随着节奏进入角色，我们被某种力量带动、引导，带着谦卑和局限，带着低俗的生存海拔，带着内心的孤独被一次次触及，并渐入佳境，灵魂入定般"依附在这，这小小转动中的宁静"，我读出了如如不动的一圈圈晕眩，被无限包裹又展开的一个瞬间，绝对真理的一次凝神屏息。但最后"当转动，一个目不暇接的舞台/徐徐展开如八角街外的游人……"我们被打回了原形："我们进入，但终究是一个旁观者"！

宫白云 女，写诗、评论、小说等。作品散见于各种报刊与选本，曾获2013《诗选刊》中国年度先锋诗歌奖、第四届中国当代诗歌奖（2015—2016）批评奖。著有诗集《黑白纪》，评论集《宫白云诗歌评论选》。现居辽宁丹东。

火车站即事

"我要走了"
你一经说出，几滴雨水落到唇边
白天越来越黑

我们一前一后地走着
天可真冷，你突然停下来握着我的手举到唇边
呵着
一轮太阳从西边出来

暮色中
四面八方的人群像一粒粒灰尘挤入车站
昏黄光线里，昏暗扩大到整个城市

越来越多的人涌入安检口
我小心翼翼地捂着胸膛——
你藏了一把刀在它那里，安检时竟没发现
你看，我们很容易蒙混过关

坐到长椅，我们闲谈，扯到诗歌、天气和健康
在相互凝视的韵味中
时间走得飞快

中国当代诗歌赏读
ZHONGGUODANGDAISHIGESHANGDU

灌满风的站台忽明忽暗
就像这个时代
汽笛带着伤感的声音往上升

你放下背包，搂了我一下，说：
"要好好的，记得想我"
"嗯"

一声长鸣
冒着白烟的火车越来越小，小得
像个句号

百定安赏读：

宫白云是中国诗坛极其活跃的优秀诗人之一，她的诗量大质优，她的诗，是典型的个人情感（绪）史。但她走的是不同于其他女性诗人的道路。她的写作，不屑于通常的红颜式身体写作，也不同于那些借了诗歌怨怨艾艾的排遣式写作，她在保持着女性诗人特有的敏感、细腻的同时，在处理女性诗人共同面临的问题上同样不落俗套。她的诗歌有厚重的历史感，激荡而不任性，不铺张，亦不自恋，亦不要那些矫情、妩媚和假清纯。我有时想，宫白云的灵魂里住着一个看得见的阿赫玛托娃。我尤其喜欢宫白云带有叙述性文字的诗。《火车站即事》就是一首难得的好诗。

《火车站即事》是一首情感、时间交错，有耐力推进的诗：起句"白天越来越黑"是情绪的颜色，后边的景致描写也是。车站意味着分别与重逢，尤其是分别，更具有某种打动人心的力量。分别时的心理颜色正与暮色和夕阳吻合。此时目中没有别的世界，没有芸芸众生，它是专注的，幽暗的，独上心头的情感。"一声长鸣/冒着白烟的火车越来越小，小得/像个句号。"像个句号！何其惊险的一笔。意味着情感的走向与远离的现实。这种复杂的情感皴染，使宫白云的写作高人一筹。那种弥漫整篇的忧伤乃至眩晕是强烈的，但行笔处处保持着一首好诗应有的克制。含混，不明确，在此就是另一种意义的准确。

必须指出的是，在同样的情感描写里，不少诗人（尤其是女诗人）更愿意把它写得更红颜、更尘世、更个性、更决绝。但宫白云没有，她宁愿选择那些相对宽厚温和的词语写出诉诸心灵直逼人心的诗，哪怕其带有些许形而上。她知道，在诗中克制的力量远远大于宣泄的力量。

霜扣儿　黑龙江人，中国诗歌学会会员，《关东诗人》副主编。中国散文诗百年大系《云锦人生》卷主编。作品多次获奖。著有《霜扣儿作品集》诗集（包括《你看那落日》《我们都将重逢在遗忘的路上》，散文诗集《虐心时在天堂》）。

墓　地

风吹不动了
我坐在风里看你

你走时多大，现在也多大
我像一个门前的老人，对一只不飞起的鸟儿
耳语

天空是好时光，天空离开了你的脸庞
你在这里，摸哪哪凉

没有荒草找到成长。在风的空隙里我
坐在你脸庞前，摸一下石头上的字

想起曾经鲜活的眼睛现在闭着
你在这里，什么都是
什么都不是

蝴蝶不死，只是不再涉入内心河流
风吹不动了。我坐在风里看你

咫尺之间你没有淋到我的大雨
咫尺之间。你不与我在一起

风吹不动了
我被你放在风里

平常人的死亡应该仍是感知者（生者）近距离接触后，精神拟像的某种复活。我读这首诗是在日常光线中品味诗人收拢亲密的情感，风变成联系、媒介、时空全息影像的幽灵，但却细细煎熬真实的回忆、记忆，或者说面对已经消失的能映天空于脸颊的人，那种消失仿佛对记忆产生交换、产生不可抗拒的具体的困扰——内心河流不会失去流淌，沾着风的动或不动都将生者摆入咫尺，而且是被死者塑形于风中。墓地里的死者是谁？多大？和陈述人是什么关系？都不重要。重要的是我们将来都能体会到这种平静的哀伤，这种透明、神经元的所有堵塞全拦不住我们的记忆进入。此诗描述好似纯白的衣服，飘盈下来无刺无骨，但却把时间、记忆、生活哀伤的提取量、倾倒在风里的某种心境一起交织素绘，其内涵溢出诗的题目所指，是温婉的相互呢喃（有一点时间的粉化）。

了　乏　本名林日明，浙江瑞安人。著有诗集《大声说出悄悄话》《一张半翕》《半亩悲欢》等6部。

犹　豫

路过教堂
中年妇女拦住他
要送他一个精美十字架

当她看到他脖子上的观音玉坠
犹豫了一下
还是将十字架套在他脖子上

他原本想将脖子收回
犹豫了一下
最终挺着没动

 沈浩波赏读：

　　这是一首"无言"的诗。诗人仿佛是沉默的，没有跳出来言说，没有觉得，宗教是一个多大的主题，没有渲染，没有一点多余的修饰，也没有一句多余的话。用最简单的方式实现了"微妙"——微妙原本就应该是简单的。并且因为这微妙，抵达了"诗"。

　　很多人热衷于讨论语言，但一个显而易见的常识是，如果诗歌中的语言不能让诗歌真正抵达"诗"，或者导致一首诗要走很远的路才能沾到"诗"的一点边儿，那这所谓的语言，就是无效的语言。

　　了乏的这首《犹豫》，不但抵达了"诗"，而且诗的格调高，抵达得深刻——言说抵达不了的那种深刻，才是"诗"的深刻。有些人在诗歌中拼命用言说、用格言，用姿态来试图实现诗歌的深刻，这与"诗"

本身天然抵达的深刻相比，格调低了很多。

　　了乏在写作的过程中没有把宗教处理成一个多大的主题，但宗教本身，却又的确是一个大的主题。这里面当然有一个举重若轻的能力，但我更觉得，在了乏这首诗中，连"举重若轻"的那种"举"的刻意感都没有，他根本没有想举起什么，只是抵达了"诗"，我以为这是诗歌写作中，最纯粹的态度。最好的口语诗在面对大主题时，往往能体现出这种态度，并抵达到一个更高级的诗歌境界。

　　了乏是新世纪以后崛起的优秀口语诗人之一，专业的诗歌读者可能会意识到，像《犹豫》这样的诗歌，这种诗歌的构成与实现方式，在新世纪之前，其实并不多见。这正是口语诗歌在新世纪越发成熟后，呈现出来的杰作。我常说，很多时候，对于优秀的诗人而言，采用口语，实际上意味着一种世界观，不仅仅是诗歌的世界观，甚至可能是作为一个人的世界观。

路　亚　教师，居上海。出版诗集《幸福的秘诀》《一阵风吹草动》。

在秋天——

给我一截寂静，一截虚空
别靠近我

让我倾空，身轻如燕
让我在身体之外，远远地想你

我是秋风中水洗多次的麻
是即将重见天日的煤
是别人眼里的柔软无骨，心灰意冷

让我在升起的寒意里保持沉默
让我接受草木牺牲的事实
让我相信，它们会从死里挺起身子

宫白云赏读：

　　我对路亚始终怀有敬意，近期读到她的这首《在秋天——》，让我感受到一颗彻骨之心的炎热与寒凉。一句"别靠近我"道出了多少生命的冷寂与不可言说。"让我倾空""让我在身体之外，远远地想你"，如此的修辞立诚，如果不是爱之深切，爱之痛彻，爱之深重，那又是什么？倾空肉体，只让灵魂保持爱恋，这是爱的奇境，也是生命的奇境。从这首诗的整体意境来看，我觉得路亚是深谙诗的设境之道的，她仿佛信手拈来似的，随物赋形，以意象的磁铁撞击心的磁场，让它们相互感应："我是秋风中水洗多次的麻/是即将重见天日的煤/是别人眼里的柔软无骨，心灰意冷"，特别巧妙地把深厚的情感从深层中解放出来，让自己的叹

中国当代诗歌赏读 ZHONGGUODANGDAISHIGESHANGDU

息和感伤微妙地从"别人眼里"出现。

　　我总觉得一个拥有深情厚谊的人，必然是"向死而生"的人。而路亚无疑是深具这样情感质素的人。记得荷尔德林曾说过这样一段话，大概意思是：人被赋予语言，那最危险的财富……人借语言见证其本质。而路亚这首诗的语言正是"那最危险的财富……"，我们借着她的语言见证着她生命之爱的本质。当她说："让我在升起的寒意里保持沉默 / 让我接受草木牺牲的事实 / 让我相信，它们会从死里挺起身子"时，我仿佛看到有震悚的花朵在绽开；在这里，路亚连续用三个"让"一下子把"我"从"生"的境界提升到一种不可思议的"死"的境界，她让我们看到的是无处不在的"向死而生"。让"向死而生"的境界到达极致，这是这首诗最为奇妙与独特之处。

林　荣　常用笔名东方明月，中国作协会员，河北省文艺评论家协会会员。著有个人诗集3部，诗合集1部，作品刊发于多家刊物及网络媒体。

零度明月

那不动声色的事物是月亮
人们总说的阴晴圆缺其实和她一点关系也没有
不管黑夜，还是白天
秋雨还是冬雪
她其实都只是零度，不流动，也不结冰

有一点可以确定的是：
她从来就不沸腾，也不清冷
她只是在她自己的位置
让周围的星子和地上的人们一看到她
就心生向往，和宁静

 百定安赏读：

　　所谓"零度"，并非物理意义上的而是心理学意义上的情绪刻度。它喻示着"她"（月亮）在星际（亦是人际）关系中，自我设定、安然自在的中分定位和"不动"意志。在此，"月亮"之前在古今中外诗词中被赋予的人为意义、传统象喻和情感色彩被一并抹去，唯余下其严格纯正的自然意义。月亮就是月亮，不是嫦娥，不是千里共婵娟，不是明月松间照，不是春江花月夜，她"不流动"，"也不结冰"，"不沸腾，也不清冷"而且，"可以确定的是/……她只是在她自己的位置"。

　　这种源自内在的安静力量是巨大的。"她"身处星际之中而又作为个体保持着自己独有的存在。正如星际之间看似咫尺实则相距遥远，看似亲密实则无法触碰。独在，发光，被看见，而又彼此循序相安。这是

中国当代诗歌赏读
ZHONGGUODANGDAISHIGESHANGDU

宇宙法则，亦是人际法则与生存法则。

背　面

那人带着吠叫的狼狗聚拢起散乱的人群
面目严肃地说：不许乱动
他站在高高的台阶上
台阶上的石狮子开始张嘴说话：
现在的男人不安分，女人不安分
土豆洋葱不安分，谷子玉米不安分，就连向日葵
也不安分
不安分的人事无处不在
不安分，不安分，以后谁再敢不安分……
石狮子说到这里转身向后看
狼狗吠叫，那人正用一面旗子的背面蒙住双眼

 百定安赏读：

　　一首揭示生活荒诞的诗。当然，它首先是一首直接描摹现实的诗。
　　"那人带着吠叫的狼狗聚拢起散乱的人群／面目严肃地说：不许乱
动"。"那人"是谁？"他"代表着谁站在高高的台阶上对着散乱的人
群发号施令？"他"牵着吠叫的狼狗，前面是石狮子。这种景象，在经
济转型的当下并不鲜见。我们料想这是一场以强凌弱、强弱不匹的角逐
与博弈。到此，几乎大局已定。然而，在林荣这里，诗人再次使用了魔
幻主义式的使转手段。"那人"前面的被拟人化的石狮子一张口说话，
一场看似必然的结局就被忽然改动。石狮子说出一连串"不安分"，仿
佛整个世界中的一切的一切都在不安分之中（这当然包括那人和那人代
表的）。石狮子又说了：如果以后谁再不安分……石狮子并没有把话说
完，它以虚拟的语气在说一种"如果……就……"的因果关系。这句话

毫无疑问被它背后的"他"听见并深明其中之暗意，因而不敢直视，"正用一面旗子的背面蒙住双眼"。为什么要蒙住双眼？为什么用一面旗子而且是旗子的背面？拉大旗作虎皮的"旗"？象征某种权势的"旗"？

诗人都不说。她能做的，就是借助现代诗歌表现手段（拟人、象征、讽喻等）演绎一部公众生活的现实荒诞剧。

诗歌的说，更准确的意思是：不说。真正的诗人正是弱者（弱势力）的传声筒。

王征珂　湖北洪湖人，现居湖北十堰。曾在《人民文学》《诗刊》《星星》等报刊发表大量作品。诗歌入选《2013年中国诗歌排行榜》《21世纪诗歌精选》《中国新诗年鉴》等选本。

失 去

是的，我让你失去了
闲来无事的踏青
七八里外的郊游。
我让你稍息，立正，原地踏步。
我让你失去了
九寨水，太湖石，黄山云海
一辆又一辆，开往春天的火车。
我让你听着春天
一个人迷瞪
一个人发呆。
我让你失去了
娃娃脸，柳叶眉，桃花腮。
我让你失去了
十八九岁、二十一二。
是的，我不说你也知道
失去的是时间
——是蝴蝶的腰肢
——蜜蜂的嘴唇
——梅花鹿伸长的脖颈。

 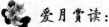爱月赏读：

　　湖北诗人王征珂的这首诗歌，我第一眼看见就比较震惊。诗歌写得

既安静，又有疼痛感，语言又出新。通过对人物冷静的描述，看到了人类生命和身体本质，在幻灭中如此易折，如灰尘一样。

在诗人安静的陈述下，许多女性不就这样一点点消失美丽的青春吗？感性的叙述，理性的思考，熔为一炉，堪称佳作。结尾用艺术的手段、童话温暖的色彩来完成，所以看起来生动而形象，王征珂构思的奇特值得学习！

哑者无言　本名吕付平，陕西旬阳人，现居宁波，浙江省作协会员。诗歌见于《诗刊》《诗选刊》《星星》《诗歌月刊》等刊物及年度诗歌选本，著有诗集《口信》。

口　信

如果你们有谁见到李炳稳
请转告他：
吴美丽结婚了，现育有一子，家庭和睦
请勿念

另：高三时他文具盒里的那块写着"我喜欢你"的橡皮
不是吴美丽放的，那只是我们临时起意的
一个恶作剧
请原谅

——李炳稳，我高中同学
二〇一一年夏汛，他走失于一条河流
生前在地方法院工作
患抑郁症多年

　流泉赏读：

　　我一直不认可"口语诗"之说，因为只有文本必须具备诗性才成其为真正意义上的诗歌，即便是口语化写作也不能游离于诗意之外，否则只能是口水。也许，你会把哑者无言的《口信》列入"口语诗"之列，但如果硬要以"口语诗"为命名，那我认为它是我读到过的最漂亮的"口语诗"之一。《口信》读起来很轻松，娓娓道来，有故事，有泪，有痛，当然最重要的还是有欣慰。李炳稳，"走失于一条河流"是痛，吴美丽

"结婚了，现育有一子，家庭和睦"是欣慰。逝者已逝，而生活在继续。此诗不着一色一彩，却能在沉稳的叙述中诗情洋溢，波澜迭起。白描式的文本呈现不稀奇，稀奇的是作者构思及故事铺排的精妙，即分三段式以倒叙手法串起了李炳稳的身前身后，一个段落一个故事——第一个故事讲李炳稳死后吴美丽再嫁，生活幸福；第二个故事讲爱情；第三个故事讲李炳稳的死与抑郁症有关。把死放在诗歌最后面，是诗人着意安排的，因为李炳稳那么爱吴美丽，为什么会患上抑郁症？令人玩味。为什么我会说"那么爱"，是有理由的，这理由便是"口信"，我宁愿相信这口信是吴美丽托人捎带的，只有吴美丽幸福了，李炳稳才放心，一个"请勿念"解了多少悬念。干净的"冷"叙述，耐人寻味的有情义的故事，无限放大的空间和张力，都构成了本诗的鲜明特色，也正基于此，才成就了作为佳品的这个《口信》。

杨延春 笔名：这样。搜狐 2006 年年度十大作家，万松浦 2012 年诗歌年度新人奖，《人民文学》《诗刊》《诗选刊》《草堂》等发表诗歌作品数百首。作品翻译成韩文，英文，有诗集《每一天不可多得》。

小情人

她为什么选择和我在一起
她那么小，有世界上最好的年龄

她那么轻易就肯定了我
亲我左边，又亲我右边
好像少亲一次，爱就会少去

她为什么选择和我过苦日子
穿便宜的衣服
经过有钱人的家门口，也不羡慕

她和我住搬来搬去的出租屋
在地铁口帮我卖打火机，皮带，手推车

她那么小，才五岁
就开始认命，帮我大声吆喝
谁会来买她的塑料花
谁会给她梳一下，打散的脏头发

 流泉赏读：

这样的《小情人》，是一首温暖的诗，其间充盈着对女儿的父爱。诗歌把女儿喻为"小情人"，喻得好，增添了这种父爱的亲和力和浓郁

中国当代诗歌赏读
ZHONGGUODANGDAISHIGESHANGDU

度。读这首诗，轻松，不费劲，阅读和对文本理解上几乎没有障碍，但每一个细节呈现都那么细腻，父女之间点点滴滴的爱意贯穿始终，感人怀，动人心。诗中两个"为什么"凸显了女儿的懂事和乖巧，在技术处理上又规避了常见的平铺句法，令文本更具表现力，更见"波澜"，同时又为最后"她那么小，才五岁／就开始认命，帮我大声吆喝"作了很好的铺垫，女儿可爱的形象栩栩如生。《小情人》温馨而纯净，因为走心和用情，因为表现的"简单"和"精巧"，喜欢它的人一定不在少数。因而，我相信，真正的好诗是属于大众的。

冷眉语　又名秦眉、阿鬼，女，中国诗歌学会会员，苏州作协会员。出版诗集《季节的秘密》《对峙》。有作品散见《星星诗刊》《诗刊》《扬子江》等文学刊物，并入选多种选本。首届中药杯华语诗歌大赛一等奖。野马渡雅集成员，《左诗》主编。

一张纸

我保持着警觉
纸上的字太过沉重，无数死
成为活的理由，堆成山的无字碑

我的目光掠过
易主的耕田。刮骨疗伤
老屋檐下，新燕不知飞往谁家
它们的心事风无法吹透

一纸空荡荡的白纸
每个人转眼都成了会念咒的观音……
你被迫交出一切，桥
将身子一拱到底

我看见大雪吞噬了残腿的祖母
我的父亲
如摇摇欲坠的老屋。刚出生的我
是雪地的一行挽联

一张空荡荡的白纸。你看不出
有什么在上面走
夜深人静时

它如春水哗哗作响

 **流泉赏读：**

　　读《一张纸》，心情是沉重的，在纷杂的意象背面，我感到了一种发自内心的痛。原本不太喜欢太过沉重的诗，但"一纸空荡荡的白纸／每个人转眼都成了会念咒的观音""刚出生的我／是雪地的一行挽联"等等这些，却仿佛有什么在撕咬着我的心，撕咬着我所经历的无数生活，它们是如此决绝，令人欲罢不能。人生如纸，诗人说"一张空荡荡的白纸"，其实这里的"空荡荡"实际上是暗喻人生有太多说不出的苦衷和无奈——"纸上的字太过沉重，无数死／成为活的理由，堆成山的无字碑"，因而，这"一张纸"就具备了作为"纸"的两重性，一方面是轻的，一方面又是重的。世事沧桑，人生苦短，何尝不是这样。这首诗的高明之处在于合理运用各种意象，并通过这些意象的有效组接，烘托出了"一张纸"的轻与重，极尽人生况味。疼痛感构筑了这首诗的主基调，看上去显得低沉、悲观，宿命，然而"夜深人静时／它如春水哗哗作响"，却恰到好处地为沉郁之心供奉了一线光亮。如此难能的一线光亮，支撑着我们在这"一张纸"上不断地走下去。最后收官出手不凡，寓意深刻，整个文本一下子就立了起来。否则，此诗效果又当别论。

孙成龙　青年诗人，云南富源人。著有诗集《兄兄兄弟，先干干干为敬》。

杀爸爸过年

腊月十八
二狗子的尸体
从工地运回
亲人们手忙脚乱
给他剃光头
修胡须
刮体毛
洗身子
……
他的双眼
一直没有闭上
它们
正透过门缝
看着他三岁的儿子
哇哇大哭
我不吃肉了
我不要杀爸爸过年

 朱建业赏读：

　　人到中年，我越来越喜欢现实主义的作品。在我个人看来，这首诗无疑是2016年最优秀的短诗，没有之一。一是标题别出心裁，吸引眼球，具有震撼人心的冲击力。二是视角独特，从死去的父亲眼里看到孩子的哭声，融入孩子视角对父亲死亡的悲伤，两相交融，短短几行，写尽了人世的辛酸，令人读来老泪纵横。令我清晰地回忆起八岁时，村民冒着大雨把母亲的遗体从医院里抬回家里的情形，在一间老屋里，我一个人静静陪着母亲遗体一个多小时，那种感受铭心刻骨。三是含义深邃。孩子的误会揭示人的命运，"杀猪"和"杀爸爸"的对比，这是一种最令人心痛的错愕，这种冲突赋予了诗歌永恒的悲剧意义，显示出一种惊世骇俗的感染力。

朱建业　湖南双峰人，诗人，法律硕士，现居深圳。20世纪90年代初曾被评为武汉高校"十大校园诗人"，诗歌《你的长发为谁而留》被谱成校园民谣传唱。著有诗集《月韵》《风灯》。

做鬼很幸福

旅途中经过一大片楼盘
高楼耸立　无人问津
朋友说：这就是常说的"鬼城"
五岁女儿问：什么是鬼城啊？
是不是有鬼住在里面啊？
我说：可能是的
小女儿说：鬼真幸福啊，
可以住这么多大房子！
我说是的。是的
那些鬼可以住这么多大房子
而且不用花几百万购房
不用被银行按着每月揭一次皮
不用交物业费、停车费、水电费
不用担心孩子的学位……

 左春赏读：

《做鬼真幸福》，标题就先声夺人。标题与正文之打通即在鬼与人之比较上，由人而突出鬼之幸福，人是落点。

对话式。对话和动作最具现场感。小说笔法。对话有个人语气，语气比语感高级。对话有"口水"，"口水"有人味。对话是互动，互动是开放式，而非闭门造车、将诗限定死。

该诗是突围出来的，从"鬼城"和"小女儿说"中突围出来。置之死地而后生，对话式的诗，几乎处处是陷阱，一不小心就写到了沼泽，动弹不得。把握好节奏是关键，有前置主题是关键，头脑清楚、指向性强是关键。

批判现实主义。"我说是的"之后，就是直接甚至直白、平白地把批判写出来了。诗人押的宝在这里。由于入口和角度不错，该诗成了一首佳作。

王跃强 笔名阿强。重庆市作家协会会员，"中国诗歌网"驻站诗人。曾在《人民文学》《诗刊》等刊物发表诗歌作品千余首。著有诗集《词语的拂晓》《风在低语》。北京人，现居重庆。

山　中

这里的兽类并不寂静
眼睛包满风暴
爪上养着雷霆，嘴唇不偏好金樽
铁和闪电安放在额头上
它们的内心充满了火焰般疯狂的花影
捕猎的快感
走动的群山，警觉的顾盼嗅吸
满脸杀机，一声不响
而放弃了丧歌的反而是那一群乌鸦
坚硬的黑石头
陷在风雪中，把沉思和地面，牢牢铆紧

 朱建业赏读：

　　这首诗是一首充满隐喻的典范，简洁深刻，别出心裁的寓言勾勒出一个山中的惊心动魄的世界，视野宏阔，含义深远。山是寂静平和的，但并不太平。"这里的兽类并不寂静"，随时准备着惊心动魄的斗争，平静的世界暗流涌动。在这样的情境中，各个山头开始走动，沉静中警觉，满脸杀机，一声不响，等待时机。乌鸦不再唱响丧歌，它们开始做什么呢，是准备做机会主义者，开始唱赞歌吗？而坚硬的黑石头，在风雪中坚持思考，铆紧大地，如我们坚守的思想和信念？！这首诗一言难尽啊，一种扣人心弦的张力令人窒息！诗人不俗的洞察力、语境和技巧展露无遗，留给读者太多的想象和思考空间。万事万物皆有秘密，"山中"也是一个江湖，且让我们静静品味这首"山雨欲来风满楼"式的诗歌杰作吧。

纳 兰 本名周金平，1985年生，现居开封。中国作家协会会员，诗歌作品发表于《诗刊》《青年文学》《诗选刊》等刊物。入选《2015中国新诗排行榜》《2014中国最佳诗歌》《2014中国诗歌年选》等选本。著有诗集《水带恩光》《执念》。

草 莓

你不来，我就不是火焰。
你的眼神不来采撷，我就持续地衰老、
寂灭。
一颗心
愿意为你丰饶。
将自己摆上，献出汁液和芬芳。
我行走在从草尖抵达明月高悬的
途中，
有时浮于水上，有时四面楚歌，卡在一棵树里
你要来搭救我。

 流泉赏读：

"诗歌是另一种宗教"，纳兰的诗，空灵，简洁，安静，隽永，充满了神性意味。在阅读《草莓》过程中，我始终被一种力量所打动，而这种力量，让精神超越了现实。《草莓》的语言呈现和意象运用，蕴涵着诗人对诗歌语言超强的敏感度和洞察力以及他的美学理念。他总喜欢用断句制造场景，如画面直逼人心，这就使他的诗歌文本具有一种特别的现场感和亲和力。我喜欢如是清澈澄明却又充满内在精神的诗歌。

谷　频　本名李国平，舟山群岛人，60后，中国作家协会会员。
著有诗集《水是最好的》《简单的场景》《散步》等，主编《文心岱山》
《浙江诗人地理》等多部。诗作入选多部年度选本，曾获中国第二届地
域文学奖。《群岛文学》主编。

流经我们身边的瓯江

我所说的瓯江
只是流水淙淙的这一小段
它是青田的首饰
就挂在我与群山仰望之间
现在不是雨季，而时间
重复着它的容貌，就像
泛黄的照片收藏过岸边的弧线
我灵魂之外，看见过
这瓯江的颜色和我命中的颜色
这样逼近，连同青春期
都成了晾在滩边的衣服
而现在的爱情却像田鱼，一闪就不见
像一种努力的寻找，夕阳的碎片
洗去了许多年代卵石的胎记
哪儿是源头并不重要，因为风向
也在不断改变，这河床更像迷宫
在前方聚集起更多的阵雨

流泉赏读：

　　这首诗应该是谷频游历青田之作，在这里，"瓯江"与"田鱼"两
个意象交织着，引发了诗人的无尽联想，青春的，爱情的，生命的。因

而，这样一首面上写瓯江的诗，实则是一曲生命的咏叹，另一条无形的生命之江，正在体内和灵魂深处汩汩涌荡。这种生命质感在各种意象的交替中不断渗透不断喷薄。诗人将瓯江流经青田的一小段比作"首饰"，将青春期比作"晾在滩边的衣服"，将爱情比作"田鱼"，将河床比作"迷宫"，这些比喻精准奇妙，恰如其分，不仅激活文本的形象化表现，而且极大丰富了诗歌的意味品性。当它们有效串联在一起，一首诗歌特有的魅力便随之释放了开来。无疑，这是整首诗的"核"之所在。另外，文本叙述的自然度与完成度同样值得赞赏，和谐，灵动，深意，起句和结尾妙笔生花，尤其是结尾"这河床更像迷宫／在前方聚集起更多的阵雨"，内蕴足，外延强，具备很大的张力。可以说，谷频的《流经我们身边的瓯江》，是一种对岁月的回望，对生命的思考，有迷惘，有错失，更有坚守、期待和向往。我喜欢如此"沉静"中的表现力，我同样喜欢这种书写的寓意多元性。

吴少东　安徽合肥人，中国作家协会会员，作品入选《新世纪中国诗选》《中外现代诗歌精选》等几十种选本。曾获2015年"中国实力诗人奖"等多项诗歌奖，有多首诗译成英、法、韩等国文字交流或谱曲传唱。

孤　篇

秋后的夜雨多了起来。
我在书房里翻检书籍
雨声让我心思缜密。
柜中，桌上，床头，凌乱的记忆
一一归位，思想如
撕裂窗帘的闪电

蓬松的《古文观止》里掉下一封信
那是父亲一辈子给我的唯一信件。
这封信我几乎遗忘，但我确定没有遗失。
就像清明时跪在他墓碑前，想起偷偷带着弟弟
到河里游泳被他罚跪在青石上。信中的每行字
都突破条格的局限，像他的坚硬，像抽打
我们的鞭痕。这种深刻如青石的条纹，如血脉。
我在被儿子激怒时，常低声喝令他跪在地板上。
那一刻我想起父亲

想起雨的鞭声。想起自己断断续续的错误，想起
时时刻刻的幸福。想起暗去的一页信纸，
若雨夜的路灯般昏黄，带有他体温的皮肤。
"吾儿，见字如面：……父字"
哦父亲，我要你的片言只语

　　吴少东的诗有性情，有热度，有沉淀后之于生命的思索。他能在繁复的世间万象中，撷取最有内质和表现力的瞬间去表情、表意，蕴涵着个人创作的独特性。他的书写是内敛而沉稳的，情感表达火候掌握得恰到好处，仿佛一位技艺高超的厨子总能制造出满席的"色香味"。情理交融，个中有百般情怀，即使写父亲的《孤篇》，也能非常有效地呈现其文本的多元化。至少，在《孤篇》里，我读到了亲情和浓郁的人生况味。从文本表面看，第一段与后两段似乎关联不大，而恰恰是第一段的"雨声"像"闪电"一样照彻了整个文本，秋后的雨串起了我的"想"，我的经历和对父亲的不了之情。这种独特的文本建构，一方面是精准的用词带动了全诗的氛围，比如"秋后的夜雨""鞭痕"，比如"断断续续的错误""时时刻刻的幸福"；另一方面则在所有意象当中寻求内在的关联和情感释放的丰富性。而题目《孤篇》的"孤"，不管是不是有意为之，在我看来，它都是对应文本"我"之心境的很好"妙用"，有了这个"孤"字，才有了"思想如撕裂窗帘的闪电"，才有了"我要你的片言只语"。一首好的诗歌，一切皆为"内核"服务。从这一点看，《孤篇》算得上完美。

杨胜应　苗族，笔名望疯，80后，重庆秀山人，重庆市作家协会会员。作品见于《诗刊》《民族文学》《星星》《诗歌月刊》等，曾获曹禺诗歌奖等奖项，多次入选《中国诗歌年选》《中国诗歌精选》《中国年度诗歌三百首》等年度选本。现居四川南充。

虫　眼

这些橙子很漂亮
一个接一个的挂满枝头
我想到了有枝可依
如果不是这些橙子的悬挂
我就不知道故乡
是一个虫眼密布的地方
看见父亲把橙子摘下
让餐桌堆得满满的
新鲜又俗气的日子多了一些甜蜜
这种甜蜜是露水打湿过了的
如果不是在黄昏提到苍老和死亡
我就不会感觉到苦
如果不苦，我就找不到药
没有药，月亮再漂亮
也不叫生活

流泉赏读：

　　"虫眼"的隐喻性赋予了生活特别的内涵，喜欢"如果不是这些橙子的悬挂/我就不知道故乡/是一个虫眼密布的地方"这样的颇具意味的语言呈现。《虫眼》巧用意象，由"橙子""露水""药"等意象很好地勾连了全诗的主旨表达，具有象征作用，彰显着浓烈的生活之味和

中国当代诗歌赏读
ZHONGGUODANGDAISHIGESHANGDU

一个人在精神层面上之于故乡的理解。诗歌寻找不同意象的连接点，有效挖掘内在关联，层层递进，以小见大，诗意随之自内向外不断扩张，内质丰厚，有张力。叙述自然沉稳，舒缓节制，显得从容、老练……点点滴滴，见况味。"如果不是在黄昏提到苍老和死亡／我就不会感觉到苦／如果不苦，我就找不到药／没有药，月亮再漂亮／也不叫生活"，是的，没有"药"的生活，还真的不叫生活。读《虫眼》，不仅读出了感悟，而且还读出了深蕴在其间的生活哲理。如是阅读体验，带来被濯洗之快感，当为享受。

龙小龙　70后，四川省南充人。四川省作家协会会员，中国诗歌学会会员。作品见于《星星》《四川文学》《绿风》等。多次在全国诗歌大赛中获奖，出版诗集《诗意的行走》，散文诗集《自然的倾诉》。现居乐山。

柴　火

　　　大雪封山
　　　众生在巢穴里
　　　抱团取暖，假如一群蝼蚁
　　　在木头里栖居，却不被发现
　　　灵魂，就毫无意义爆裂
　　　在炉火里，化为一把灰的寂寞
　　　难怪，生火之前
　　　我的老乡总习惯用刀背
　　　敲一敲柴火
　　　赶出它们体内的虫豸
　　　在我看来，这一个小小善举
　　　足以将一切寒冷击碎，足以让整个冬天
　　　都环绕在一团看不见的
　　　火焰里

　　流泉赏读：

　　在诗人龙小龙眼里，无论"大雪封山"，还是"在炉火里，化为一把灰的寂寞"，这"柴火"都因了"我的老乡"皆变得有意义，有生命，"众生"可以"在巢穴里抱团取暖"，"一群蝼蚁"可以"在木头里栖居"。但"柴火"的最后之抵达是"燃烧"，因而"我的老乡"会在生火之前，"用刀背／敲一敲柴火／赶出它们体内的虫豸"，因而"整个冬天"因为"燃

中国当代诗歌赏读
ZHONGGUODANGDAISHIGESHANGDU

烧"和老乡们小小的一个"善举",都"环绕在一团看不见的火焰里"。在这里,"柴火"与"我的老乡"相对应,达成了某种有效的内在关联。整首诗歌内敛,节制,意味,而每一个意象和动作的呈现,都具有特定的诗意内涵,隐喻效果显著,寄寓着不同寻常的表现力——在一团看不见的"火焰"里,让我们看到了"包容、悲悯和善良"。在诗意解构和其内质发散方面,诗人是下了苦心的。巧用"柴火"意象,围绕这个意象展开个性化的诗思,寓情于景,寓景于理,浑然一体,形象地勾画出一幅冬天的美好场景。这样的温暖之作,当为佳品。

叶逢平 福建惠安人。现为泉州市作家协会诗歌创作委员会副主任、《泉州文学》编委。作品多次入选权威选本。入围华文青年诗人奖，荣获福建省百花文艺奖、福建省优秀文学作品奖等三十多个奖项。

空瓶子在倒立

倒立。靠在墙脚
这一个小空瓶子
过于单薄、透明，不小心倒地
就会被这块土地轻易打碎

空瓶子，它要冒多大破碎的危险
它是被怎样的时光抽掉
一切可以流动的事物，比如酸甜、苦辣
整个心脏和胸怀，乃至大海激荡

瓶子空了，空就空了
瓶子空了，就丧失了话语权
——像是一个人走了，走就走了
靠在墙脚，低调地数着空虚里的裂纹

人们不相信，空瓶子小心翼翼的
能倒出一条出路
或许，已经用尽了自己的生活
靠着墙脚换个倒立姿态，回答这个尘世

 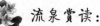 流泉赏读：

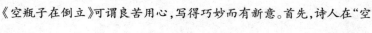
《空瓶子在倒立》可谓良苦用心，写得巧妙而有新意。首先，诗人在"空

瓶子"与"倒立"之间，非常隐蔽设置了一个矛盾，与"人们不相信，空瓶子小心翼翼的/能倒出一条出路"形成对应，有效服务于最后的"回答"，尽管这答案需要我们细细去领悟；其次，"瓶子空了"，但依然靠在墙脚"倒立"，这"倒"字一字千钧，很自然就构建出了全诗之"核"——"一种于困境中的挣扎与坚持"；最后，内敛、冷峻的叙述基调，契合文本的主旨表现，进一步强化了隐喻效果。这首诗的力量，来自于"借壳生蛋"，来自于其从内至外不断发散的点点滴滴无尽的人生况味。它同时也告诉了我们：诗歌的隐喻性表达释放的力有多大，就看你所使用的这个"喻体"能容纳多大的量。

乔国永　男，1967年生，宁夏石嘴山人。诗歌、译诗散见于《诗刊》《扬子江》等刊物。已出版双语诗集《沉默的家园》、《佛灯》（合著）、《锯木声》（合著）。现居浙江丽水。

信

从中原迁到塞上
父亲母亲把自己装进牛皮纸信封
他们以为只要地址无误
早晚他们会被寄回故乡
奶奶睁着快哭瞎的眼睛来过几回
母亲专注地为她清理眼里的秽物
像被锁在门外的孩子
在杂草里翻找丢失的钥匙
姥爷来过一回。就这一回
便让他客死异乡。他的棺木
藏在一车尖尖的煤里
父亲为他的身体精心安排了一次偷渡
他的魂魄却被永久地卡在贺兰山口
最终，他们决定把自己抛进早已废弃的
邮箱。他们明白了
即使地址准确无误
可哪里还有收信的人

流泉赏读：

　　"父亲为他的身体精心安排了一次偷渡/他的魂魄却被永久地卡在贺兰山口"，读到这里，我的眼睛起潮了，每一次读乔国永的诗，总是不能自已，像我这般年纪，本不至于如此感性，但每每读着这些沉得穿心、刺骨的文字，就欲罢不能。这，也许就是亲情的力量，一个优秀文本所创造出来的心灵抵达。《信》的构思仍然是巧妙的，切入点找得很好，全诗围绕"信"和"地址"这条线展开，明暗交替，极尽情愫。失去父母的人，才知道"钥匙"的丢失，"家"的丢失；离开家乡的人，才知道"故乡"的丢失——"即使地址准确无误／可哪里还有收信的人"，一种空落，一种苍茫。写这类题材不好写，写的人太多了，要写出个性太难了。但乔国永一写再写，总是能找到他自己独特的表达方式：一是从细节入手，而这种细节又是属于个体的经过了艺术处理的具有表现力的，比如"父亲母亲把自己装进牛皮纸信封／他们以为只要地址无误／早晚他们会被寄回故乡"，又比如"母亲专注地为她清理眼里的秽物／像被锁在门外的孩子／在杂草里翻找丢失的钥匙"；二是选用最为恰当最有隐喻性的"意象"、词句，制造外延空间，让诗意有效发散，比如"钥匙""尖尖的煤""偷渡""废弃的邮箱"；三是合理安排细节的内在连接，凸显层次感，形成环环相扣的大局掌控之势，强化辨识度和整体感。读乔国永的《信》，让我相信，老题材要出新，其"形式"远远高于"内容"之上。而我所说的这种"形式"，其根本点就在于如何去创新。

白象小鱼　本名陈铸宇，70后，温州作协会员。作品见于《星星》《绿风》《诗潮》等，并入选《2015中国诗歌年选》《中国2016年度诗歌精选》等多种诗歌选本。

独角戏

在异乡的天地间，一个人演一部戏
演生，也演死

墓碑是道具。有时候是土地里伸出的手
回答尘世的疑惑
有时候是种子，种进地里
盼望长出亲情来，嘘寒问暖，解尘世的寂寞

远方云朵下的乡间
古老的村庄人烟渐渐稀少，在村口
晃动的，也只是几颗动作缓慢的白头颅
他们也是我的道具，西北风一吹
掀起的荒凉，落了一地

我只用肢体语言表达，不言悲，不言痛
面无表情
如被生活牵在手里的木偶

 子麦赏读：

　　读懂一首诗似乎比写一首诗更需要静（当然是指一首好诗）。每个人的阅历深浅迥异，读出的内涵也就参差不齐，这要看各自的造化。这首《独角戏》最大的看点就是诗人捕捉现实生活的整体意象，可谓笔力雄健，刚柔并济，直击灵魂深处，从而浪花朵朵。诗歌一开头："在异乡的天地间，一个人演一部戏/演生，也演死"。这一句直入主题的命脉，单刀直入，把一个在异乡游子的经历刻画得淋漓尽致，内涵极其丰富且令人感慨万千！既然是演戏就离不开道具。远在异乡，自然触景生情，由墓碑想到深爱的热土，自然、贴切。第二节和第三节着重抒发对故乡的挚爱之情和对尘世的冷漠与无助。一个游子蜗居异地，难免接触一些这样或那样的冷遇和偏见。现代化的都市鱼龙混杂，阴暗，潮湿，拥挤，上不得高楼的卑微与痛楚，唯有借远方的云朵涤荡灵魂："远方云朵下的乡间/古老的村庄人烟渐渐稀少，在村口/晃动的，也只是几颗动作缓慢的白头颅……"面对这一片荒凉的景象，"我只用肢体语言表达，不言悲，不言痛/面无表情/如被生活牵在手里的木偶"。整首诗起承转合得心应手，构思缜密，语言精练，字字珠玑。更值得一提的是陌生化处理非常到位。总之有很多可圈可点的地方，值得我们好好领悟和思索。子麦不才，有不妥处还望谅解！

王子俊 四川省作家协会会员，现居四川攀枝花，在《人民文学》《星星》《诗歌报》《滇池》等刊物发表过诗歌小说。诗入选中国诗歌网"中国好诗"每日好诗。

当铺与蝴蝶

冬天已至。在慢时光当铺
用什么才能如愿换回
救命的米酒和木柴？

一只早晨醒来的蝴蝶
惊讶于自己刚停在柜台
就成了别人的抵押品。

我把自己也画成一堆蝴蝶
赶进当铺。大声吆喝，老板
换一斤米酒，十斤木柴。

女人有火烤，男人有酒喝
就这么着，慢慢，就越冬了。

 王瑛赏读：

　　我个人，越来越喜欢表意简单但内蕴有力量的诗了。王子俊的《当铺与蝴蝶》恰恰就是这种。苦难叙事不容易，王子俊的这首诗简约但深长。他找到了慢时光当铺，这样模糊了事件背后的时间，给接下来的画面一个合理的想象空间。他找到了蝴蝶，蝴蝶就成了整首诗最大的隐喻："我"发现蝴蝶可以抵押，可以换来米酒和木材，于是开始幻想把自己画成一堆蝴蝶。他还找到了互文，那个著名的卖火柴的小女孩，她看到的和"我"想到的，居然如此相似。王子俊的三个"找到"，《当铺与蝴蝶》就同时收获了轻灵与厚重。

王文军　辽宁朝阳人，中国作家协会会员。作品散见于《人民文学》《诗刊》《中国作家》等，诗歌入选若干部选集和年度选本，获辽宁文学奖、《诗潮》年度诗歌奖等诸多奖项，著有诗集《凌河的午后》。

越走越暗的阴影

越积越浓的暮色，让人想到大雾
一旦被它包围
跑得再快也逃不出它的掌心
万物不是隐居就是融化
就连村庄也丢失了
幸亏还有灯，像不慎落水的人
在水里挣扎、求救

疲惫的人，已倦于远行
却没有停下来
他们仍在跋涉，直到从遥远的天边
走回内心
才得到神明的接见
但他们究竟说了些什么
始终是一个不为人知的秘密

夜色变厚了，很多人还在路上
他们想象着天堂的样子
走得飞快，却是越走越暗
最后走成一个个阴影
像星星和灯火一样
在黑暗中耗尽一生

中国当代诗歌赏读
ZHONGGUODANGDAISHIGESHANGDU

宫白云赏读：

　　王文军的诗与人给我的印象都是属于慢品质的，需要投入足够的耐心才能品出它与众不同的味道。而诗人自己恰恰也是属于有耐性的人，他偏安一隅，耐心地生活，耐心地写诗，一方山水养育着他的人格与诗性，纯粹、真实、性情。所以，他的诗歌与人都是能够找到源头与根基的，特别的"接地气"，给人以信赖感。他的诗歌写作在我看来有两种倾向，一是对自然万物的观照，二是对生命个体的观照与思索。这首《越走越暗的阴影》显然是属于后者，我个人比较喜欢有痛感或有痛点的诗，这首诗恰好符合了我内心的欢喜。生命走到了中游，诸多的困扰与压力，如一团"大雾"让人逃不掉、走不出。疲惫感让诗人痛苦地看到生命的苍凉，对这种生存境遇，诗人设计了灯火用来救赎，慢慢又用"一个个阴影"来拆解，诗人不断地与现实、与内心进行着摩擦，从中迸溅出生命体的另一套骨骼，孤独中不乏忧郁；忧郁中不乏挣扎；挣扎中不乏困顿。尽管脚下仍有黑暗，但内心仍有"神明的接见"，仍有光亮的闪耀。当生命"最后走成一个个阴影"，生命的终极成为"星星和灯火"，黑暗又何尝不是光明？另外，值得一提的是这首诗的语言、结构、气息的完美契合也相当地令人称道。

林小耳　本名林芳，见刊百余万文字，有诗作发表《人民文学》《诗选刊》《青年文学》等刊，部分作品被《读者》《青年文摘》等转载。出版诗集《小半生》。

与一个秋日的黄昏邂逅

与一个秋日的黄昏邂逅
与内心的光芒邂逅
十月，神用最柔情的目光抚过大地
风的手掌撩动金黄原野

孔雀草、黄蜀葵、帝皇菊……
现在是她们争艳的时分
各自把花开得和名字一样美
芭蕉仍然活在自己的春天里
打着一贯的绿色招牌
这都是我所喜欢的真实的世界

而我在这秋日的黄昏，静坐成
一株植物旺盛生长的样子
但我的内心充满羞愧：
骄傲地在世上活了这么久
温柔多情但不轻易屈服
偶尔会有锐利的芒刺
唯有美，让我低下高傲的头颅

冀卫军赏读：

我一直对"顿悟"两个字十分好奇和着迷，因为它总青睐于那些爱思考、爱琢磨的人，而且总笼罩或潜伏着某种神秘和意外色彩，有时让人捉摸不透，百思不得其解，有时又令人心领神会，醍醐灌顶。

读了诗人林小耳的《与一个秋日的黄昏邂逅》，心头顿时升腾起一股生活被发现的意外与快意。

秋天是收获的季节，也是充满诗情画意的时节，总让人满怀欣喜和感恩。秋天的原野则更为绚烂和惬意。"神用最柔情的目光抚过大地/风的手掌撩动金黄原野"。

人生总有许多东西，直到失去了才知道珍惜。特别是在虚荣和诱惑面前，有些人失去了理性、本真，甚至是做人的底线，没有了人生的信仰和敬畏，变得虚情假意、肆无忌惮和颠倒黑白，忘记了自己原本的面目，忘记了真实的存在就是最无敌的美。古人尚且知道"人贵有自知之明"，而现实生活中，越来越多的人没有了敬畏心和廉耻感，漠视是非曲直的标准，向金钱、美色和权贵低头、妥协，沦为物质和利益的奴隶。因此诗人骄傲地告示："骄傲地在世上活了这么久/温柔多情但不轻易屈服/偶尔会有锐利的芒刺/唯有美，让我低下高傲的头颅"。

尽管，人生是一个不断选择和妥协的过程，但任何选择和妥协的背后，都有一个我们自以为理性、客观、正确的理由。然而，对于一个个有着不同成长环境、不同禀赋、不同知识阶层、不同社会阅历的人来说，如果非要有一个相对整齐划一的理由，我以为就是被古今中外一直津津乐道的"真善美"。

小美妇

她知道自己美的时候
已经不年轻了
偶尔素颜，偶尔淡妆
挤公车、逛商场
接住男人抛来的各种目光
她学会了适度暧昧，但不再对谁

交付身体。她眼里有火
轻轻溅出一点，就点着了路边少年的
慌。但她心如止水
再没有哪种温柔，可以把她刺伤
她在第十一根白发的末端
扼紧了自己有限的欢

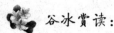

谷冰赏读：

　　小美妇，是怎样的美呢？没有描述，走得是迂回路线，侧面来写。既然是美妇人，就不用浓妆，甚至素颜。美是一种天生的，无需矫饰，也不用抹那么多的这霜那霜，挤公交，逛商场，"接住男人抛来的各种目光"。一个"接"字，用得好，当然也是被动的。因为她的美，男人们自然不会无动于衷，各种目光纷至沓来，不接也是没有办法的，就学会了"适度暧昧"，这也许就叫适应生活吧，一味的冷冰冰或者招惹都不是最好的选择，恐怕适度暧昧是最佳选择，既让你没有不良刺激感，也不让你过度自我感觉良好，这就是"小美妇"拿捏得恰到好处。但有一点就是不再"交付身体"，暧昧是暧昧，但交付身体却是不可能的。

　　由于美，眼里似乎有灵动的火焰，常常是青少年被美击倒而产生慌乱，作者的"点"字，使文字顿时灵动起来，焕发出了光彩。你慌是你自己的事，她"心如止水"，无论什么样的温柔，对她已经不起作用了，她已经有了归属，你的温柔也不会伤到她什么了。

　　由于年龄的增长，小美妇也有了忧伤，有白头发了，而且不止一根，在"她在第十一根白发的末端"，扼紧了"自己有限的欢"，岁月不饶人啊，即使你再美，也禁不住秋风大煞风景的，"扼"字也是用得精彩，本来人生就没有多少欢乐，长出的白头发，顿时又使欢乐少了一些。

　　作者用白描的手法，从侧面描写了小美妇之美，小美妇之性格特征以及她的操守和善于应付不同男人的策略，使这个小美妇富于立体感，是一个活生生的小美妇，一个多侧面的小美妇，可感可触令人喜爱的小美妇。

中国当代诗歌赏读
ZHONGGUODANGDAISHIGESHANGDU

丙　方　本名吴勇霞，女，浙江丽水人。浙江省作家协会会员，省作协新荷计划人才。作品散见于《青年文学》《西湖》《诗探索》等文学期刊。

母亲的婚礼

外婆没有哭，家里男丁一般的大女儿
远嫁了
拖拉机载着嫁妆和新娘
开了五十里地
小姨的哭声，就跟了五十里地

 流泉赏读：

丙方的这首诗避开了议论之大讳，而选择了非常感人的两个细节，以小见大，以"外婆没有哭"和"小姨的哭声"形成对衬，活画出朴素而真实的乡间婚嫁场面，其亲情的力量跃然于字里行间。其中"拖拉机"的意象运用堪称奇绝，它"开了五十里地/小姨的哭声，就跟了五十里地"，意蕴绵长，回味无穷。小细节呈现大题材，贵在"空间"，《母亲的婚礼》作得好。

孙方雨　曾用西马、江湖主人等笔名写作，先后在《星星》《山东文学》《诗刊》等刊物发表作品。著有散文集《水上的家园》和长篇小说《滑向青春的利器》。

春天，我们一起种下母亲

再也没有比春天更为美妙的了。
万物复苏。新芽缝补着
大地的缝隙——
多么恰当的时刻！其实，那些担心
真的多余。

脊背上的风，手里攥着的那枚发烫的种子。
我们选择宽厚的山、仁慈的土地为你
做降临的仪式。不，是春天在做最后的抉择。
我们掀起一块古铜色的土块，那浸渍着泪水的土地，上面镌
刻着：疾病、贫穷、无助
甚至死亡的字迹如你被风吹皱的面孔。

现在，所有一切都安静下来了，包括
我们的悲伤和共有的圆满。那使你进入
黑暗的通道，是白色的寂静，
和底色的秘密。
我们期待你在秋天里再次怀孕，结下
我们神的兄弟。

张洁赏读：

孙方雨有一大组写父亲的诗和一大组写母亲的诗，都令我深深感动。

他不仅是重情重义之人，是孝子，也是优秀的诗人。你看，他把母亲的下葬写得多么美好诗意。与其说死亡，不如说复活。与其说埋葬，不如说降临。与其说被死神接走，不如说被春天选择……当然，他不是故作轻松，也不是伪装浪漫。他感觉到痛，也认识圆满。他仿佛知道母亲要去哪里，她将以另一种方式活着，与他同在，安慰他的心。而母亲曾走过的道路，他也要思想，并且按照她的心愿敲开一扇恩门。

白　月　写诗，画画。获第八届台湾薛林青年怀乡诗歌奖。参加《诗刊》第31届青春诗会。著有诗集《白色》《天真》《亲密》。现居重庆。

第三者

我已经无法想象自己温柔的样子
我和你还在一起

头和头在一起
手指和手指在一起
大腿和大腿在一起

我们的叹息也离我们远去
我们，太具体了

爱是第三者，站在屋子任何角落
以各个方位观看我们

偶尔，会有一场色情电影

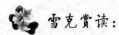 雪克赏读：

　　白月的诗歌以冷冽、深刻而异于他人，普通的语言经她的手组合，往往一语成谶。分离自己的肉身与情感，把情感当作第三者，白月这个设喻出奇了。读完这首，我更相信时下百分之八十的家庭都在凑合着过日子的论断，那些所谓花前月下卿卿我我，都是不堪一击的骗人鬼把戏。我不猜测诗人的情感生活，但我坚信本诗撕碎了绝大部分中国家庭所谓圆满的面纱。

蔡小敏 女，广东省作协会员，中国诗歌学会会员。已出版散文集、个人诗集、诗合集多部。诗作发表于各级报刊及诗歌公众号，入选过《当代传世诗歌三百首》等多个重要选本。现居广东。

银 簪

从老市场淘回一根银簪
陈旧，残缺不全
白天用她来绾头发
夜里，就放在床头柜上
最喜欢的
是早晨睁开眼睛
从簪尖折射而来的
一粒光，打在我身上
那一刻，我觉得俗世温暖
人间的债务是不用偿还的

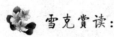 **雪克赏读：**

　　很喜欢蔡小敏这首诗，觉得有一种味道，超越了正常的美学范畴。诗人的言说带着一种纵向的、穿越的、古典的况味。并不是蔡小敏笔下的银簪，有很特别的审美基调，她只是将其看作古代女子的定情信物，但却能够借此将诗歌语境推向开阔、纵深。问世间情为何物？情是葦、是债，是说不清、道不明、还不尽。古代女子还不尽的，现代女性就还得尽么？既然还不尽，为什么不悉数放下、轻装上阵、活出自我？"我觉得俗世温暖／人间的债务是不用偿还的"，最后两句信手拈来，浑然天成。

青蓝格格　女，中国作家协会会员。作品散见于《人民文学》《诗刊》等报刊及年度选本。曾参加诗刊社第27届青春诗会，人民文学第5届新浪潮诗会。著有诗集3部。现居内蒙古。

佛　说

别为那些不解而去解
至于水，能看见一滴就得到一滴
那些从缝隙中长出来的
就让它们再从缝隙中缩回去
对于一些不置可否的事儿
就任它们自生自灭吧
无论活得多久都要像一个婴儿
若要遇到一道坎
你就将它当成一扇门
跨过它，并摆出欲从子宫钻出来的姿势

雪克赏读：

真正的禅诗是浅显朴素的，首先应该是诗，禅在其中，就像这一首。那些故弄玄虚、故作神秘的，都是借禅之名沾污我佛，都是应该鄙视而摒弃的。青蓝格格深谙个中三昧，因而把这首诗写得就是一首诗，理性、匀称而佛气充盈。让人读后，耳郭之上梵音袅袅。

康　雪　女，1990年生，湖南怀化人，暂居长沙。曾参加第4届人民文学新浪潮诗会，有作品发表于《诗刊》《青年作家》《中国诗歌》等。

不　婚

孤独有时是卷心菜。有时只是一些
薄皮核桃

一边剥，一边吃。吃完
就没了。这时她是一个贱贱的
不婚主义者
放浪不羁地，爱自由

可她更爱孩子。看每一只包子都觉得可爱
看每一只包子，都觉得

它们在替自己，未婚先孕。

雪克赏读：

　　康雪曾用笔名叫夕染，这两年突然惊艳的女诗人。我曾说她诗歌的最大特点：有匠心无匠意。匠心体现在她构筑的诗行中，不读到最后，你几乎摸不到她的脉象，而每每读完，你要么讶异于她的出其不意，要么会心一笑。本诗，简单、常见的物，她随意就抓住了；接着用细节导出"不婚"的概念；最后，用包子导出未婚先孕。一气呵成，语感极佳。读完，一个生活态度独特又爱心满满的女孩，活脱脱地站在我们面前。

衣米一　女，湖北人，现居海南。诗作发表于《诗刊》《诗潮》等刊物并入选《新世纪中国诗典》等多种年度选本。《诗歌EMS周刊》出品《衣米一诗歌快递：塞尚的苹果》，结集《无处安放》《衣米一诗歌100》等。

他们在教堂，我们在床上

像白球碰红球
又像白球碰彩球
你忽然说，摸着乳房
像摸着月亮

我们忘记了锋利之物
比如锤子和镰刀
他们也这样，王子要娶灰姑娘
白金汉宫再一次举行
世纪婚礼

与上帝握手言和时
他们在教堂，我们在床上

雪克赏读：

　　张执浩曾评价衣米一：比前辈女诗人更感性，更性感。一语中的。以这首为例，球、乳房、月亮，都是圆形之物，想象并不奇特，但组合起来却异乎寻常的奇特。这是一首床上的诗，电视上正播着白金汉宫举世瞩目的婚礼，但在衣米一看来，什么信仰、什么主义，什么东方西方，在做爱这件事上，都是一样的。上帝赋予的权利，你们忙你们的，我们做我们的。衣米一的洞察力与出尘，让这首诗充满万物归宗、天地合一的大哲大智。爱与被爱、爱与做爱，本来就是那么回事，没有贵贱之分。

王祥康　1984年开始文学创作，出版诗集《夜风铃》《纸上家园》，与他人合编出版《中国后现代主义诗选》。中国诗歌学会会员，福鼎市作家协会主席，《太姥山》文学杂志执行主编。

我的身体怎么常常弥漫着青草味

没有风时　我的身体会发出阵阵青草味
与泥土的味道接近　越洗越重
这个烦恼跟随我多年
常常有风　辽阔的喧哗　烟气一阵又一阵
白天总是这样热闹　陶醉
夜晚关上门　躺在床上就像躺在草丛中
身体被薄薄的泥土盖住
涩涩的青草味淹没我
好像我乳臭未干　刚刚抽芽
人到中年　怎么还这样不成熟　不自省
不害羞　不管不顾
明天还有多少的路需要奔波
需要流多少的汗水才能度我此生
不要让人闲话　笑话
甚至躺在身边的老婆也不能让她嗅到
我忍着呼吸　怕她说出担忧

 霍俊明赏读：

　　在我看来，越是处理来自于日常经验的诗歌越需要寓言性，在真实和虚幻中获得有效的平衡。过于胶着于现实的诗歌容易成为表层的仿写，成为平庸肤浅的段子和小说化的谈资。这需要的正是诗人的超拔、疏离和过滤以及提升的能力。王祥康的诗《我的身体怎么常常弥漫着青草味》

中国当代诗歌赏读
ZHONGGUODANGDAISHIGESHANGDU

就是具有代表性的来自于日常自我的"寓言之诗"。那在日常空间所弥漫出来的青草味更大意义上是时间的精神气息和隐秘的自我主体性的幻梦——这是不能消解的时间和自我之梦,又不是过于浓烈和理性的"成人之诗"。由此,我们可以说,诗人就是介于日常的门口和白日梦醒来时边缘位置的人。

第一次看到父亲拄着拐杖

我甚至忘记喊他一声"爸爸"
这种老是我一直担心的
仅仅五个月不见　父亲就要依靠
一根拐杖走今后的路吗?
全身压上这根木头　腰弯得厉害
他的病他自己总不承认
我靠上前去　想用肩膀替代冰冷的木头
父亲却固执地避开了
我的肩膀在哭泣
一根木头替我承担了最后的一点点责任
拐杖触地的声音沉闷
紧接着是轻飘飘的脚步声
好像一问一答的两位老人
面对土地　父亲永远也不肯服输
"你去忙你的事"　沙哑的声音
撞得我肩膀重重一颤
我的肩胛骨与父亲手中的拐杖
隔着一道尘土　岁月和温情的距离
而父亲还在颤巍巍向前移去

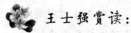 **王士强赏读：**

古往今来，写父母、亲情的诗早已数不胜数，但这样的诗似乎永远也不嫌多，永远也不过时。究其原因，还是因为它涉及的是最基本、最普遍的人伦情感，它们是永远存在，永远说不尽的。同时，这样的诗往往是发自内心，有真情实感的，艺术性高低另当别论，它们往往首先是能够打动人心的。

这首诗从"我"第一次看到父亲挂起拐杖写起，写父亲的老去、写时间的残酷、写自己与父亲之间的关系，诚恳，自然，表面波澜不惊而内在波涛汹涌，有丰富的情感容量。由此，父亲面对疾病和衰老时的微妙心理，内在的抗争与不甘心，作者本人对于时间流逝的叹息与惶惑等都表达得非常生动、细腻，在个体的情感向度之外同时具有生命、命运的内涵，引人深思。

本诗的长处不在于意象或语言的陌生化处理而在于细节。细节的作用对以凝练为内在要求的诗歌而言尤其重要，有时一个细节便足以成为整首诗的核心、诗眼，其作用胜过千言万语。本诗的细节描写很成功，首句"我甚至忘记喊他一声'爸爸'"便真切地写出了看到父亲拄拐杖带给自己的震惊，不无突兀却又合情合理。"拐杖触地的声音沉闷／紧接着是轻飘飘的脚步声／好像一问一答的两位老人"，这样的诗句如非亲历、如非有心，断然写不出，也由此，才更具震撼人心的力量。

宋醉发 本名宋岗，1962年生于福州。诗人，国家一级摄影师。1982年开始发表诗歌和摄影作品，出版过多本个人诗集、摄影作品集，并先后在广州、北京、厦门、福州、旧金山、好莱坞等地举办《中国诗歌的脸》相关展览或行为艺术创作。

大地是一张古老的餐桌

我在取景框里看世界
大地是一张古老的餐桌

许多阳光被植物吃掉
许多植物被动物吃掉
许多动物被人吃掉
许多人被一些人吃掉

看了很久，很久，很久
忽然明白
这就是历史

宫白云赏读：

宋醉发是一个很善于用"镜头"来写诗的诗人，大概与他长期用镜头看世界有关。他诗歌的价值、力量和关键恰恰存在于这种瞬间"镜头"爆发出的开放性景象，它是艺术上的，同时也是精神上的，有生命力的。他相当警惕重复自己，每一首诗歌都是不同的语调，选择的视点都是动态的出其不意的，他的诗歌呈现的不是经验本身，而是经验在意识中的渗透，诗歌中语境的并置、混杂、嫁接是他喜欢的艺术手法。他在意的是内心世界的意识流动，他一边是浪漫主义，一边是现实主义，而这种浪漫与现实的融合感觉又给他的诗歌带来某种特别的效果。如这首《大

地是一张古老的餐桌》，首先这样的题目就是神来之笔的绝句，它迥异的视角不由自主地就会让读者大吃一惊。这取景框里所构建的另类语境与隐蔽的内涵是那些假大空的诗歌所无法比拟的，整首诗如同古老的箴言发人警醒，对那些吃人法则残酷的折射也足以烛照历史与未来，特别"许多"的罗列像球一样向前滚动，一个又一个词语在透视诗人思维的同时也滚动着读者的思维，而许多的寓意也就在这样的滚动中诞生。

方文竹　安徽怀宁人，供职媒体。20世纪80年代起步于校园诗歌。出版诗集《九十年代实验室》等。

提篮子的人

他准备了梦的干粮　金属心　镜中景　月亮的锈
走过了暮春的必经之途
他知道　还有一只篮子不在他的手上
还有大神脱下的服装　圣餐的请帖　迷宫入场券
不在他提的篮子里
就像有时候　他提的篮子里空空
就像在小路上他提着烟雾和一座灯塔　有人告诉他
那边坟墓里很热闹　另一个世界里花繁果硕
必有另一个提篮子的人　和他一样
咀嚼着命运的残骸
驻足夜市广告灯箱下　他发现少了一个物件时
身旁走动着另一只篮子
他提着提啊　在万物中间疲倦　耗尽
这时才看到　在他的头顶上方翅膀提着天空
一个人终归看到大海收容了一切
直到　天地也是一只篮子
"这茫茫不朽的诗篇提着多少人世间感人的词句"

　黄土层赏读：

　　方文竹是学者型诗人，曾经在长沙见过一面，温文尔雅，气度不凡。他的诗歌是复杂的意象型诗歌，这不是当下诗坛流行的口语诗调子，他这是拖着的略显沉重的诗歌传统在时代的跑道上狂奔。这首《提篮子的人》题目本身就是一个深度意象。乍一看，我们无法快速断定"篮子"

的具体含义。开篇"梦的干粮 金属心 镜中景 月亮的锈"可以分别解读为"理想、意志、幻想、脆弱（或挫败）"或者别的什么。但不愿意如此解读的人，可能会选择放弃。接下来的"暮春"可以把读者接上一级台阶，马上就会意会到诗人所谓的"提篮子的人"范围极其广泛。大体上分为"现实人生的部分"和"超越性的部分"，各自归属于不同的主体。大凡提篮子的人（或别的主宰）都有自己的使命。奋斗了，挣扎了，来过，活过，命运有相似，也有相异。开始的诉求，中间的历练，最终的虚无。这些都是正常的。只要你是"提篮子的人"，可能收获满满，也可能终将竹篮打水一场空。这是诗人对人生最透彻的喟叹。其实，提篮子的人，终究还是一个巨大的篮子里的"填充之物"。"天地也是一只篮子"，篮子既是器物，也是道。在这个"道"的统御下，宇宙法则和天地之心，才构成了盛与被盛的和谐关系。

还 乡

他的晚年在还乡
要将四处飘散的自己找回来
合拢

瞩望远方的双眼在东部沿海
装满沙砾的胃在西部
抓取不止的双手在南方大都市
宽宽的肩膀靠在北方沉静的山梁
……

终于还原了自己之后
故乡的山河 已经
容不下他那巨大的身躯

张无为赏读：

这首诗就还乡主题而言，比以往同类诗歌明显有新的超越，展示出了独特个性与境界。诗的开头，虽然同样以游子口吻，意在表明晚年的精神还乡。可是，其突出特点在于，与一般的"游子""赤子"不同。在这里，"我"的足迹不仅踏遍了四面八方，而且在每一个方向都能抵达到最远处。这与一般所说的踏遍千山万水有明显不同。后者是虚指的，而在这却很具体。

更重要的是，这首诗歌的最后，彻底颠覆了传统还乡怀旧的诗歌模式——"故乡的山河　已经／容不下他那巨大的身躯"。如果说，以往的还乡诗所包含的基本理念，是家乡大于一切，家乡重于一切，家乡能够承载一切，那么这几句所表现出来的，却是对故乡负面的反思立场。这就是诗歌呈现出全新的境界。从更深的层次中，可见作者对故乡现实的忧虑，以及对故乡未来的美好期待。

由此凸现出来的，是对个人的肯定，是主体精神的高扬。诗人在坚持后现代主义立场的同时，并没有彻底割断与传统文化的血脉关系，而是基于此百尺竿头更进一步，由此显示出作者的立脚点与更开阔的视野。由此可见，同样的课题，甚至是已经被人写滥了的课题，也不是不可以重写，关键是不仅不能重复，还必须寻求个性表达与更高一层的见地。这也是本诗给人们的启示。

此外，诗人能够自然、娴熟地调动言语，张弛有致地经营诗歌形象，结构上层层推进，情感到了高潮处随即戛然而止，给读者留下了足够的想象空间。

横行胭脂 原名张新艳。陕西省文学院签约作家，中国诗歌学会理事。参加诗刊社第25届青春诗会。获诗选刊2010·中国年度先锋诗歌奖、第三届柳青文学奖。诗集《这一刻美而坚韧》入选《21世纪文学之星丛书》。

虚无记

借僧活命。
应该摒弃七情六欲。逃难至寺庙。
天空孤独，仿佛要落下疾雨
楚音和秦声
在同一经纬上相遇
依然属于方言的地方割据
今日，虚无有庞大的回声
深入肝胆和肺腑
若以树为琴，树弹奏落花一曲
若以流水为帛，只能题写无意之辞
卦象上前途未卜
我已丢掉九条命
剩下的一条也不能与你相依
这是个孤苦而悖论的时代
谁若怀揣锦绣之爱谁必毁灭更快——
盛大的尘埃，渺小的鲜花！
唉，只有寺院的早晨
鸟鸣翻开诗经
阳光扑入内心空白的审美地带
天地深仁，不再发言即是慈悲
唉，油菜花已长成自己的祖宗
天上流云养活自己的病历

时代遍布无力小儒
孤独症患者和我

 陈朴赏读：

读横行胭脂的诗，已有八年时间。在这八年时光中，诗人在诗歌这条路上，有过光环，也有过停顿。如同诗人的身体，有过健康，也有过疾病。读这两首诗，我感觉胭脂在诗歌的自我拯救与对抗命运上，实现了宏观的超越和强大的提升。《虚无记》全诗以一个"僧"字入题，到一个"儒"字终结，一句一句，层层递进，整首诗上下连贯自然，浑然一体，读来铿锵有声，使人颇多警醒。最有一句"孤独症患者和我"瞬间将整首诗的碎片拼凑成了一个整体，对标题"虚无记"起到了"镀金"的作用。

郊野令

并非由于城市的地图上耸立着利刃和刀片
我才写到郊野。而是因为郊野本身，是长安主题的一部分
郊野和城市互为兄弟。长安之郊，断崖草木，遥拥峥嵘
树木百年，成精。长安百年，人皆须发染霜
庄子说：上如标枝，民如野鹿
意即君王有如高处的树枝，人民有如自在的野鹿
庄子的郊野之意浓烈而理想
而实际是，很多时代民如隶。就连杜甫还算不得当时代的草根
都客死于西南之旅，不知魂魄可曾回到长安
郊野大象，苍辽无际，以北是深刻的麦田
麦田上空，乌鸦确立了它们的位置——
"我站在我的位置上，一生不曾诋毁你"
"而我所有的热爱，都是为了改变艰苦的命运"

"而我有过的人格分裂，在异乡得到了宽恕"
……大地的镜子透视着时间的界面
我不写出来的那部分，已经被无名者珍藏

陈朴赏读：

相对于城市中的高楼大厦和霓虹闪烁，诗人更喜欢"郊野"这类靠近自然、靠近万物、靠近灵魂的部分。作为一名同时使用着"楚音"和"秦声"两种方言的诗人，胭脂对于"长安"的热爱，本真上实际胜过对于诗歌的热爱。在胭脂的诗中，"长安"是一个高频率出现的词语。而长安的"郊野"，在我眼里，不是诗人逃离城市的归宿，而是诗人一头扑进自然的怀抱，静享一份"安静"的追求。"郊野大象，苍辽无际"，在无际的郊野中，诗人敏感地意识到："我不写出来的那部分，已经被无名者珍藏"。正如西班牙诗人希门内斯所言"诗歌是献给无限的少数人的"。其实我想这正是诗人聪慧的地方，也正是胭脂诗歌中绝妙的所在。

育　邦　1976年生。诗人，小说家。著有小说集《再见，甲壳虫》，诗集《体内的战争》，有诗入选多种选本。

特隆世界诗选·城邦

我睡下
内心的沉淀物就开始发挥作用
通过梦境制造我的城邦
我是作作索索的小职员
我是为自己征战的王
成为想象的公民
对虚幻的城邦保持忠诚

在空间和时间交换之中
我的淹留成为对自身存在的嘲讽
在阳光下、月光下
总有一座地狱
作为轮回的纪念碑
矗立在我们记忆的深处
……阻止我醒来

睁开双眼，我不知道身在何处
现实的城邦正伸展它的趾爪
省略了不可探知的
不是移植术，不是虚构的象征
甚至不是梦的褶皱
从这儿开始或那儿开始
我只热爱夕阳西下
热爱时间尽头的阡陌

阿根廷人博尔赫斯和卡萨雷斯在20世纪中期通过秘密文献发现了特隆世界，并撰写了《特隆，乌克巴尔，奥尔比斯·忒蒂乌斯》，通过深入研究，我发现特隆世界也存在一些诗歌，姑且抄录之，时为2010年8月至12月。

 方文竹赏读：

育邦的《特隆世界诗选》是一组以独特的诗歌资源和表述方式而取胜的奇妙之作，《城邦》即其中一首。在模仿和创造之间相互缠绕、转换与替代，在障眼法、烟幕弹中隐身、换身与转身，不是以假乱真也非以真乱假而是以假证真，或说，真与假在作品中就是一回事。诗末注然有介事地言明一个20世纪中期的文本事件，诗者本信以为真，可是"时为2010年8月至12月"却透露了玄机，原来这是育邦的一个玩笑或花招，好大的胆子！他竟敢与极度诡异、对杜撰子虚乌有的故事抱有巨大热情的博尔赫斯平等结友、比肩虚构，其挑战性和冒险性不言而喻。通过戏仿与幻想、达到后现代与现代的合谋，诗人育邦创造了自己的"诗歌版本学"。

仿作之"仿"本身即诗，诗人育邦通过伪作的仿文本，无异于在现有的基础上又加上了一层，达到多种声音并置，从而表达了他的诗歌态度、诗歌观念或写作观念甚至是有关世界或创造的态度和观念。

在育邦的《特隆世界诗选》系列中我为何仅选这首《城邦》？因为它正是是真实与虚构的典型表述，唯有梦才会创造出一切并最易与现实发生变构的关系（虽然"现实的城邦正伸展它的趾爪"），因而诗中叙述人角色的设置本身总是带有混淆与自否定性质，结尾"黄昏保留着溃败的优雅"证实了育邦在此诗中一贯保持的舒缓、从容，现实与梦幻分分合合，一切由诗与美所指引，博尔赫斯式的狡黠与一眼就看穿的睿智就在于此。

胡 平 男，现居湖南常德澧县，湖南省作家协会会员，常德市诗歌协会副主席。曾在《诗刊》《星星》《青年文摘》等报刊发表各类文学作品数百件。有作品入选《新时期10年湖南省优秀文艺作品选》《21世纪世界华人诗歌精选》等几十种选本。

睡 婴

不如倒退四十年
那时候我在摇篮里躺着
你要喊我而我已经将你忘记

那时候我像一只蚂蚁在一片树叶上
快活地睡觉，对着天空
我的耳畔有清风轻轻地

滑过湖面但我不知道那是什么
那时候有一些人来到我身边
而我不知道他们是谁
我想和他们说话但他们已经离去

我被遗弃在摇篮里
茫然地睁大眼睛
望着干净的世界

 **安平赏读：**

　　法国伟大的思想家、哲学家卢梭说过，大人们应该让小孩子尽量停留在他们天真无邪的"自然"状态里，《睡婴》所表现的，正是对这种"自然"状态的假想。回归婴儿状态，回归原本的天真和无知——当一

个人的内心被滚滚红尘层层污染，他需要用这种回归的方法来荡涤自己的灵魂，清洗自己的内心。奥修认为，当某人是无知的、天真的，他是广大的、无限的。《睡婴》这首诗歌，试图帮我们抵达婴儿般的无知和天真——这种无知和天真不是真正的无知和天真，而是一种哲学境界，一种内心纯净无杂、宁静坦然的祥和之境。如果抵达这样的境界，我们就能看见那干净的世界。这首诗歌将通感运用到了极致。

结　局

就这样了
我们在此歇脚
落下行李
卸下重荷

躺倒，噤声
出尽
最后一口气

饶恕了所有的
坏人，敌人
仇人，小人……

连大奸之徒
此刻也松弛了
紧绷着的险恶的脸

给正义
腾出空间

就这样了
我们在此歇脚

这些心怀万物的
泥土
仁慈，厚重
深不可测

 范致行赏读：

　　"这才是真正的大团圆"，这是读到这首诗的第一感受。叶芝也有名篇，《大智与时光俱来》，诗生活网站长期把这一首诗挂在首页，诗曰：枝叶纵多，归根一条。我在年轻时那虚妄的日子，总爱把花叶在阳光下招摇；如今我凋萎，归入那真实。结局就是归根，人生的终点。与叶芝的诗一样，在《结局》这首诗里，终点也是泥土。不过这里的泥土沾着一点嘲讽，比如大奸之徒也放松了脸庞，以及"给正义腾出了空间"这样的话；但这个结局又显得难以理解，它一切都完全接受，不带挑选。多么真切的一块泥土，超出你的一切想象，不管你是在虚妄的青春期，还是在凋萎的老人院。

涂国文　国家二级作家，中国文艺评论家协会会员、浙江省作家协会会员、浙江省散文学会理事，著有诗集、随笔集、中篇小说集、文学评论集、长篇小说等多部。现供职于浙江某高校杂志社。

我是江南王朝的末代废主

我是江南王朝的末代废主
我只做了三天君王——

第一天千里莺啼
第二天水光潋滟
第三天暗香浮动

第四天大雪纷飞
我向虚无拱手让出我的江山

我遣散百花妃子
让她们回到水湄回到山坡
回到美和春天
回到大家闺秀或小家碧玉中去
只带着芍药：我忠贞的王后
开始在宋词中的逃亡

我是江南王朝的末代废主
我不期望分封更无意复国
我将西湖瘦西湖斫成琵琶
将秦淮河斫成胡琴

将苏堤白堤杨公堤三根琴弦

装在这三把乐器上

我只愿做一个永远的废主
怀抱三把独弦琴
任内心的黑暗
在江南五千年的颓废和孤独中
长出一身闪光的木耳

天界赏读：

涂国文是古典浪漫主义终极情怀的坚守者。他的诗充满古典浪漫主义色彩，又灵活运用现代主义艺术，始终带有一种终极情怀和某种神秘的个性，几乎是彻底地打开了个人感官与想象的密码。他的诗包容了传统文学精华和自身的美学修为，情感饱满、用典精妙、意象庞大、措辞浑厚而意境独特，如奔腾的群马，回响在现代冷漠而抽象的语言迷宫上空。

这是王者气质。有别于天才的，属于独特的、沉迷于江南特性的才子。他的诗，很多地方只能意会，在你内心如洪水一般激荡，因为用典、暗喻和隐喻比较多，内容很丰厚。《我是江南王朝的末代废主》不仅是一首非常醒目的诗，更能比较典型地反映涂国文的整体诗歌情怀和艺术特性。

芍药象征忠贞的爱情，独弦琴代表情操和人性品格，木耳是腐木躯体上的独醒者。苏堤、白堤、杨公堤是杭州三大名堤。涂国文巧妙地通过千里莺啼、水光潋滟、暗香浮动三首著名的江南诗，来说明自己骨子里追求的东西及美学立场。他的精神属于一种无为，他放弃虚无的江山，但又是一个清醒而情感专一的古典浪漫主义坚守者。

只有读懂涂国文的人，读懂他的诗的人，才知道涂国文所追求的诗歌理想。传统意义或文学意义上的江南，来自魏晋，终于宋词。一千多年的风雨，阴暗、晦涩、淫荡、堕落，连骨头都是腐朽的。一个人越深陷其境，越有抽筋扒皮之痛。然而，涂国文是警觉的——他拱手让出一切该有或已经有了的功名，只想沉浸在他的理想王国，孤独、决绝，怀抱三把独弦琴，并用闪光的木耳来明其志。

老　秋　原名李钢,1974年出生,中国作家协会会员。诗歌入选《2006年中国诗歌精选》《2009中国最佳诗歌》《中国年度作品·散文诗》等选本；出版诗集《老秋的诗》。

如果八月的时光可以停滞

如果八月的时光
可以停滞,只允许做一件事情
我要怀着感恩和敬意,挖一口井
不断挖掘瘦弱的内心

我的痛苦说得过多
除了握紧拳头,我不能丢掉另一个
行走的自己

我怀疑这小小的深井里
包含更大的静

所以我挥动铁锹
苦着,累着。趁秋天到来之前
我必须学会幸福,把高贵的泪水珍藏起来
然后期待一片云彩
从头顶飘过

　杨胜应赏读:

　　诗人老秋面对世俗的深邃和生活的复杂是非常理性的,因为现实的生活给了他太多的诗意。诗人因为感恩而做出了如此的许诺,但是,我们都是具备认识的人类,这些许诺并不能在瞬间就可以触及我们尘封的内心世界。"我怀疑这小小的深井里／包含更大的静"，诗人说了如此动人的话，能够不令我们动容吗？

更大的安静，不仅仅是来自现实的姿态，还来自与诗人内心世界的寂静和安宁，他承认这样的存在事实，因为安静，是多令人向往的存在。诗人基于现实的认识高度，在看透一切，在经历一切的结果下，诗人似乎懂了很多人生哲理。经历苦难，仰望幸福，这些一切的存在都必然经历一个苦难的历程和认识，唯有如此，方才能够见证人类存在的奇迹和理由。

通读全诗，我们自然无法很形象的，深刻的感触到诗人所欲望表达的最终结果，但是可以捕捉到诗人对于现实存在的一种真实的感触，特别是他对现实的失衡，以及更多的关注底层和百姓的存在姿态都让我们不忍拒绝和远离。这些都是潜意识的呼唤和渴望。无论是云彩从诗人的头顶飘过还是从我的头顶飘过，都是一种希望中的事件。因为，这是一朵祥云，需要我们人类在无限的追求当中发掘到生存的本质。

《如果八月的时光可以停滞》非常普通，但是，我们却可以感受到诗人难以制止的冲撞力和爆发力，如此，我们在困惑的面前就会认识更为深刻一些，这些认识必然会触及我们的生活，这就是诗歌能够感动大家的一个必然因素。

灯　灯　现居杭州。作品发表于多种诗刊并入选多个选本。曾获第15届华文青年诗人奖、《诗选刊》2006年度中国先锋诗歌奖、第4届叶红女性诗歌奖、第2届中国红高粱诗歌奖、第21届柔刚诗歌奖新人奖。参加诗刊社第28届青春诗会。出版个人诗集《我说嗯》。

我的男人

黄昏了，我的男人带着桉树的气息回来。
黄昏，雨水在窗前透亮
我的男人，一片桉树叶一样找到家门。

一年之中，有三分之一的时光
我的男人，在家中度过
他回来只做三件事——

把我变成他的妻子，母亲和女儿。

东篱赏读：

灯灯很会造境：黄昏、雨水、桉树，每一个物象都具有令人遐思的诗意。在这样一个温馨、暧昧的画面中，镜头由远及近地将主角慢慢推到了观众面前——这是一个带着桉树气息的男人。桉树寓意高大，但其气息究竟如何尚未闻过，只知其叶内含黄金，提取出来的桉叶油具刺激性清凉香味。诗歌在这一刻，这个男人依旧是暧昧不清的、充满神秘色彩的，他独属于诗人灯灯，唯灯灯能够辨识和体味。直至"把我变成他的妻子，母亲和女儿。"这个男人就不独是灯灯的了，而具有了天下所有女人心中男人的共性，只不过由灯灯的口中说出笔下写出了。换句话说，灯灯在诗歌中完成了个体经验到共通经验的提升，精准、到位、凝练、形象，诗意有"雨水在窗前透亮"般的明晰，空间感也强，耐人咀嚼和寻味。

格　式　1965年生，原名王太勇，山东阳谷人。中国作家协会会员。著有诗集《不虚此行》《盲人摸象》《本地口音》，诗论集《看法》《说法》《对质》，文化批评集《十作家批判书》，艺术批评集《意思》。系第13届柔刚诗歌奖、第3届泰山文艺奖、第3届张坚诗歌奖2010年度诗人奖获得者。

守　夜

　　他已经睡去。此刻，他穿过的女人
　　再也不能颠覆他；他摸过的麻将
　　早已被我们洗得稀里哗啦，一圈是多少
　　一生还是一块八？数来数去，还是眼前这些人
　　手指弹掉的烟灰，忽而被风儿结扎。他祈来的香火
　　在此一明一暗，如果我们袖手旁观，它会自己熄灭吗

　　钟声隔着玻璃，垂到了地面
　　他的睾丸在医院里，他的女儿
　　在哭诉中。牛嘴里塞满了草
　　眼睛一扎再扎。我们一宿都没有睡
　　以敬爱和灰心陪着他。他向我们继续微笑
　　他已经不是人。此刻，他请来一捆一捆的花圈替他应答

　　赵卡赏读：

　　我懒得说这首诗的意思了，因为这首诗太有意思了。
　　格式的《守夜》初读以为是一首挽歌，再读则变成了喜剧，无论是写下它的人还是读到它的人都会有一种如释重负的满足感，这在道德主义者眼里却是犯了大不敬。从这首诗里，我们发现死者生前应该是个快乐的人，"他穿过的女人""他摸过的麻将""他祈来的香火""他的

辜九""他向我们继续微笑"基本勾勒了死者和这个世界的关系。而我们，"还是眼前这些人"，善于装模作样的敷衍，"我们一宿都没有睡／以敬爱和灰心陪着他"。这么看来，格式的腔调显然违背了扎加耶夫斯基描述过的那种"一个道德主义者说话像天使"的标准。格式的恶劣是法国式的，他的诗写充满了嘲讽和喜感，尽管他可能是善意的，当然，我们也可以猜测他不乏恶意。

作为一个旁观者，格式对死者的看法颇具玩味，"他已经不是人"。我感觉此时的格式像个葬礼仪式上的邀约人，他将所有读到这首诗的人都给改变了身份，变成了守夜人，大家一起在围观，在默记着这位已经睡去的死者的生前的传闻轶事。在这首诗里，我们依然看到格式对追求宏大的那种玄妙风格几近反感，这使得他的诗总是极尽朴素清晰，那些质朴平实的意象无不出自他的那种常常出人意料之外的语言搅拌机，这个品质可以和史蒂文斯有一拼。

就像一个鲜有败笔的人再次写下了他通向经典的篇章，《守夜》是我读过格式的所有诗篇中最愉快一首，作为《守夜》或"守夜"的邀约人，他做到了。

邓朝晖　女，中国作协会员，曾就读于鲁迅文学院高研班，参加诗刊社23届青春诗会，获27届湖南省青年文学奖，第5届红高粱诗歌奖、2016湖南年度诗歌奖等奖项。

小营门42号

那一年，我五岁
小营门的春天比往年的晚
碧绿棉袄比不过柳枝的妖娆
我披头散发，重重房间是一个偌大的宫殿
门口的杂货铺子顺水而下到过常德码头
爹的咳嗽一声紧过一声
姐姐担水洗红心萝卜，蓝水漂的花布
日子是院墙外的青石板
濡湿而温和
爹不曾打过我，娘也没有

我不记得爹什么时候走的
什么时候有了一个穿军装的继父
娘带着我在山路上转啊
我吐尽了肚子里所有的食物
也没有倒出远方的命运
山是青蓝
和手里的包袱一样

我把姐姐留在四合院
灰色的屋檐下只有一个斜斜的日影
雨滴从天井落下，被瓦缸接住
被外婆的小脚接住

我在翻山越岭时她在挑一担孤独的河水
我坐在两个人的航船上她在看淡蓝色的门楣

我开始哭泣
当那个短发妇人揽过我的头
尝试像母亲一样温暖我
我预感命运将会从此折弯
走向另一个未知的巷口
从此我学会了乖巧
门口的指甲花开得永远那么喜气
多像一个没心没肺的人

 靳晓静赏读：

　　《小营门42号》是一首以个人经历写就的诗。但在湘西的大背景下，这首貌似纪实的诗同样写得灵气十足，甚至有些巫气。这首诗的故事可以看作一个小女孩的命运，也可以看作一个心理学的个案，或许都不是，它只是人对不可捉摸的命运所呈现出的一种状态，这首诗中部分运用了类似电影蒙太奇的手法，使诗意辽阔而又细腻。如"我"离家之后，姐姐留在家里，"我在翻山越岭时她在挑一担孤独的河水／我坐在两个人的航船上她在看淡蓝色的门楣"。这首诗把别离写得如此哀婉，美丽，又如此痛彻心扉，让我们触摸到了湘西人刻骨铭心的生命细节。

　　还是那句老话说得好，对语言的敏感和对生命的敏感，成就一切好诗。

青　碧

有河水为证
这里有铜质的楼台铁打的江山

有狐妖扮作小蛮女
牛头的旗杆装点暮色的城

你偶然流落到此
苦竹寨四面都是高山
黑瓦落满银杏
寡妇十里送君
你翻唐渡宋乘木筏
明清是一匹愤怒的黑马
你越来越近越来越暗然
枯柴躲在墙角
棺木安放堂屋
生的火焰低于死的尊严

在江湖
你的羊群出现在别人的山坡
母兽出了远门
夜里无人安睡

靳晓静赏读：

　　邓朝晖的这组《湘西记》是写人的命运的，诗写得真幻难辨，亦巫亦灵，读来让人七窍顿开，全身通泰。诗人仿佛手执魔杖，在湘西这片神秘而粗犷的土地上，点石成金，指云为雨。正如音乐家靠七个音阶可以直击大千世界一样，诗人的手中的魔杖便是语言，让有限的语言幻化出无限的诗意，这是一种特殊的能力。

　　这些诗是需要慢慢品的。且看《青碧》一诗，古老的青碧是"有狐妖扮作小蛮女/牛头的旗杆装点暮色的城"，而现实的青碧是"枯柴躲在墙角/棺木安放堂屋/生的火焰低于死的尊严"。这些诗充满生命热度和内心的战栗，由此形成的语言舞蹈才能直击人心。

许　军　生于浙江，现居苏州。中国作协会员。著有诗集《66首诗与11幅画》《低吟》《吴越叙事：乡村书》。

城

隔着茶色玻璃
这个世界是多么的不明亮！

五里之内
阳光、街道、行人
一同呈现灰暗之色

再往远处
一条青石小弄孤独地存在了多年。它
一头通往明清时代的旧居
一头通向无比繁华的商业大街

 苗雨时赏读：

　　诗人在吴越大地上行走，往返于城乡之间。他试图留恋时光深处的乡土，但乡土文明正地无奈地逝去；他面对城市，城市文明又使他一时不知如何适应……内心矛盾的纠结、迷茫与游移，给他对事物的观照蒙上了一层云翳。所以，城里的一切在他看来是"隔着茶色玻璃"的，从而造成了"这个世界是多么的不明亮"。在这个日益喧嚣的世界上，那些"阳光、街道、行人"，都处于一片暧昧的灰暗。然而，社会现实的变革力量，作为历史的绝对律令，是不可抗拒的，它开启了诗人心智的理性与清醒，把他的目光推向了城市的远处，让他在那条"青石小弄"上，看到它"一头通往明清时代的旧居/一头通向无比繁华的商业大街"。不难确认，这就是中国新旧文明并存与更替转换的现场。

中国当代诗歌赏读
ZHONGGUODANGDAISHIGESHANGDU

诗人以简洁、跳荡的诗句，把自己对城市的感受从暗淡逐渐引向明亮，前后映衬，构成了他生命体验的多维度张力。此种张力，不仅折射了中国社会转型期的厚重的现实，同时也昭示了中国现代历史的必然走向和光明未来。

赵目珍 男，1981年生，山东郓城人。文学博士，副教授；曾任北京大学中文系访问学者；青年诗人，批评家。参加第17届全国散文诗笔会。现居深圳。

刀笔吏

轻轻地，掩上一卷历史
翠竹青青，仿佛鲜活的沉重

搁置下一声声无名叹息
突然间，我只想悲悯大地
悲悯那些辽远的天空
这些不自生的虚空，比实在更实在
而言语多假象，带着绮美的形容

有时候，看金鼎竹书
我们如饮苦酒——
所谓的"英雄"，招蜂引蝶
而哭声如洪钟，却湮没于刀光剑影

这纷纷扰扰的青史红尘
小人物苟且偷生
帝王将相们忙于不朽
刀笔吏镌刻着虚无的墓志铭

 刘波赏读：

在我们传统的为人生的写作里，诗人总是要把自己摆进去，方显真实、亲切。字里行间的那个"我"，更像是诗人置于诗中的一个代言人，

中国当代诗歌赏读 ZHONGGUODANGDAISHIGESHANGDU

他在替谁说话？又代谁与生活对抗或和解？诗人要"我"站出来说话，这种对主体性的自我强调，其实还是希望能保持心灵的重量。"突然间，我只想悲悯大地 / 悲悯那些辽远的天空 / 这些不自生的虚空，比实在更实在 / 而言语多假象，带着绮美的形容"，我在这样的诗中感受到了一种孤冷，刀笔吏看似写的是历史，其实，他又何尝不是针对残酷的现实发出自己的悲悯之声："这纷纷扰扰的青史红尘 / 小人物苟且偷生 / 帝王将相们忙于不朽 / 刀笔吏镌刻着虚无的墓志铭"。诗人看得太透了，读史明智，他最终还是回到了当下，面对自我进行言说，这是真正为人生的写作之体现。诗人以史官之笔直面时代，这是知识分子的本分，他的审视和批判是基于对时代发声，可历史的轮回如此相似，所有阶层的人都在做着同样的事情，这或许正是诗人的困惑。但他又无比清醒，言说真相成为了写作的自觉，至此，他好像回不去了，终究成为了"我"的一部分。以此来看，赵目珍所写的大都是对生命状态的展示，他与时代现场保持了一定距离，不知是不是个人美学使然，其文字向上或向下，皆指向对人生的思索。他说，诗歌是存在之思向美与哲学的无限靠近。这一诗观所面对的，其实不是我们如何去理解和认知，而是他怎样去实践自己的美学主张。

刚杰·索木东 藏族，又名来鑫华，甘肃卓尼人。中国作家协会会员，藏人文化网文学频道主编。有诗歌、散文、评论、小说散见于报刊，入选多种选本，译成各种文字。著有诗集《故乡是甘南》。

路发白的时候，就可以回家

我们站在草地上唱歌
天色就慢慢暗了下来
再暗一点，路就会发白
老人们说——
路发白的时候
就可以回家了

多年以后，在城里
我所能看到的路
都是黑色的
我所能遇有的夜
都是透亮的
而鬓角，却这么
轻易就白了

 唐诗赏读：

　　生活中处处充满诗意，只要您是一个生活的有心人，诗神会随时光顾您。古人说一切景语皆情语，我说，一切感悟皆诗歌。

　　这首诗就是将小时候的人生经验巧妙转化为诗的例证。诗人从在草地上唱歌开始诗写，让我们感受到那时候人生的美好，我们一直唱到天色暗了下来，路在夜色的笼罩下开始慢慢变白，我们借着路发白时的光亮回家。这一节的诗情诗景充满了纯真，富有神秘的气息，仿佛我们也情不自禁地跟着歌唱了一回。

　　诗人写此诗的目的不在此，他仅仅只是一个由头。诗人不慌不忙地写道："多年以后，在城里／我所能看到的路／都是黑色的／我所能遇有的夜／都是透亮的"，这几行诗在沉静中透出了力道，在朴实中蕴含了猜想，与第一节的诗意几乎完全相反，好像有某种东西就要破土而出。

　　最后诗人运足了气，用力甩出了一句让您惊讶的诗行"而鬓角，却这么／轻易就白了"，这句诗行初读显得突兀，再读觉得自然，反复读觉得诗人在不露声色中将您的情绪彻底捕获了。

　　这首诗用笔老道，语言纯净，情绪沉稳，耐人寻味。

江　耶　中国作协会员，中国煤矿作协理事。作品在《诗刊》《中国作家》等报刊发表，入多种选本，获安徽文学奖、全国煤矿乌金文学奖等多个奖项，著有散文集《天在远方弯下腰来》《墙后面有人》、诗集《大地苍茫》。

炊烟起

天上是空的
村里房子和村头的路，也空荡荡的
仿佛历史，抽去了情节和人物
空出一段苍苍茫茫

晚炊升起，像风声
在村庄，在天空，在一条路上
填进了，一个动词

一声狗叫突然而起
炊烟仿佛受到了惊吓
在半空中弯了一弯

仿佛支撑
有一缕烟的温暖
这户人家就建设出
一个完整的国度

作为很多人的故国
这一柱烟，一直是他们的方向
从这里出发，向远方散去
即使淡到没有，也保持呼喊的姿势

"天上是空的／村里房子和村头的路，也空荡荡的／仿佛历史，抽去了情节和人物／空出一段苍苍茫茫"。在朋友圈里看见这首《炊烟起》的第一节，我就知道，这是江耶的诗歌。他的诗歌像一锋利的刀刃，那些看似平静、冷静的句子，随时可以一刀见血，让你那颗在尘世里打磨坚韧在庸常中渐变麻木的心，莫名地疼痛。他像是画师，寥寥数笔，就勾勒出一幅空村图。线条疏，色调暗，却空蒙深远。

他挥毫，蘸点水墨，在画作上一扫，袅袅飞起的那笔，是炊烟，"晚炊升起，像风声／在村庄，在天空，在一条路上／填进了，一个动词"。画面灵动了，在一派空寂里，炊烟神迹般显露真身。沉吟间，"一声狗叫突然而起／炊烟仿佛受到了惊吓／在半空中弯了一弯"。至此，画师遁身而去，画作在狗叫声中成为了真实的世界。那道画出的炊烟受到了惊吓，在半空中弯了一弯。那一弯就是折回。折回到了现实。

现实世界里的空村是空荡荡的。但现实并不是穷途末路，因为还有诗歌在替我们打开另一个疆域，而江耶一贯是那个冷静的、沉默的解剖者，他手持利刃，不仅替人别开缚裹，更替这个混沌的世界拨开迷雾。光从他的指缝间泄露，于是，我们有了一种期盼，"仿佛支撑／有一缕烟的温暖／这户人家就建设出／一个完整的国度"。空并不能令江耶绝望，同时他也将自己的希望传递给读诗的我们，"作为很多人的故国／这一柱烟，一直是他们的方向／从这里出发，向远方散去／即使淡到没有，也保持呼喊的姿势"。

看见了么？"即使淡到没有，也保持呼喊的姿势"，这是在空村里袅袅隐去的炊烟，更是诗人永远不会改变的对人世的体察与挚爱，他是身怀绝技的高手，他诗歌里藏有利器。而读完他是诗，你又会明白，他的利器，却恰恰是他一腔温暖的真情。

大　喜　本名孙文喜，1967年生于浙江庆元，浙江省作家协会会员，有作品见于《诗刊》《江南诗》《扬子江诗刊》《草堂》等报刊，入选多个年度选本，现居丽水。

时间，像进站的列车

慢下来，慢下来
宏大的时间，像进站的列车
亲人们依次走下，返回泥房草场
他们侧过脸
仿佛流水中的容颜
尘埃的眼神，梦一般安静
慢慢剥落……

他们看我的最后一眼
完全不像，我看他们时的哀伤

 罗振亚赏读：

　　在艺术上具有独到探索的《时间，像进站的列车》，启用了切近日常诗意的表达方式，以叙述维系诗歌与世界关系的基本手段，"时间，像进站的列车"虚拟化后的幻象，有着过程、场面、情节等叙述性文学因素，质感形象，而这个情绪场之外，"我"与逝去的亲人之间的会面，生与死之间平静的精神"对话"，实际上在无形中为诗歌平添上几许智慧的理趣，让人觉得时间的不可抗拒，把捉到逝者"无心"生者痛苦的生命本质内核，也构成了对传统本体诗歌观念的冲击与诘问，诗歌难道仅仅是生活的复现或情感的流露吗？恐怕不是，它有时更应该成为哲思光芒的闪烁。

何吉发 安徽作家协会会员，蚌埠市诗歌学会常务副会长。《淮风》诗刊编辑。作品散见于《星星》《绿风》《中国诗歌》《诗歌月刊》等刊物。多次获奖。有诗作入选各种诗选。

一把斧子

一把斧子隐藏在
角落里，我看它一眼的
时候，它正看着我
目光和刀口一样闪亮

我坐在它的对面
无论我看它或者不看它
它都目不转睛地
盯着我，我的后背
发凉，心里战栗

我抱着平常心走动
我不惹它，它也不会惹我
再说了，再锋利的斧子
都留有把柄
我随时都可以把它
拎起来，丢弃在风里

但我舍不得，我留着它
用来劈柴，或者壮胆
甚至做不平的事

我把刀口换了位置

219

它宽厚的脊背对着我
我的心稍微安稳些
那面端坐它对面的墙
是否也会像我一样
惴惴不安，惶恐不可终日

少木森赏读：

佛家有言：烦恼即菩提！在红尘之中，问题与烦恼总是难免，一味躲避烦恼不能解决问题，只有深入烦恼中，才能找到解决烦恼的办法，证得对烦恼的觉悟。假如，我们以此佛理来索读何吉发的《一把斧子》，是不是就读出了禅思禅意呢？何吉发说，一把斧子隐藏在角落里，就由于它的锋利刀口正对着我，刀口正与我对视，我就生出了烦恼，甚至"我的后背／发凉，心里战栗"。我知道，斧子再锋利，我毕竟还留有它的把柄，"随时都可以把它／拎起来，丢弃在风里"。可就是难免烦恼，难免后背发凉呀。甚至，还挂心着"那面端坐它对面的墙／是否也会像我一样／惴惴不安，惶恐不可终日"。怎么办？"我把刀口换了位置／它宽厚的脊背对着我／我的心稍微安稳些"。你看，烦恼苦乐是心理现象，将影响心理的因素解除了，心就安稳了，就祥和了。这，不是很有禅意吗？是"烦恼即菩提"那样的禅思与禅意！

微　紫　女诗人，山东人。

金色池塘

这棵树，最顶端上的白色花苞在眺望什么
它看到了下一个季节？

如果我也能接受，像草地上的落叶这样
像草丛间万千的微虫这样
短瞬间，自在，盲目，无觉……
会有一天
你将不再为人世的苦痛而哭泣

每个季节，草地上都安详，寂静
阳光把草叶的绿汁映亮
而在冬天，它变成了一个金色池塘
这透彻之美，仿佛归宿

 宫白云赏读：

　　微紫的这首《金色池塘》让我想起了凯瑟琳·赫本与亨利·方达主演的一部美国情感电影《金色池塘》，那种渐渐透入心间的唯美画面与无尽的回味与思考牢牢地抓住了你的视线和情绪，美丽的池塘在不同的场景中展现出不同的颜色和姿态，折射出不同的人生况味。浅绿的水草、幽蓝的天空，浮游在碧波上的潜鸟，两位白发老人泛舟水上，彼此依偎，那情那景让我至今难忘。而微紫的这首诗的艺术风貌与这部电影有着异曲同工之妙。微紫的这首诗是通过自然风物的联想而抵达生命意义的深层，从而回归生命的本真，使物欲盘剥的世界消弭于纯净的自然境界之中。她仿佛知道哪里藏有生命的原初，她精心构建起一座"金色池塘"

来承载生命的起始与终结，让生命之美在那里发散。

美国意象派诗人庞德说："一个意象是在一刹那时间里呈现理智和情感的复合物的东西。"诗人在这首诗的起始给出的意象——这棵树，正是如此，它是生命的象征，它有效地承载起生命过程。而诗人给出的生命画面是让这棵生命之树独立于阔大的视野之中，再让这棵树顶端的"白色花苞"开始眺望，"白色花苞"在这里我理解为暗喻生命的青春季节，它眺望的"下一个季节"无疑是自身的枯萎，也是从繁盛到零落的过程。诗人很奇妙地用一个"眺望"将生命的着力点转向时间的纵深处。大抵诗歌超拔的表现力在于诗人超拔的驱使语言的能力，而这种能力在这首诗的起始就充分地显现，静静的自然表象之下涌动的是生命的本相。

从繁盛到零落，"如果我也能接受，像草地上的落叶这样/像草丛间万千的微虫这样"，接受自然的法则，"自在，盲目，无觉……"那么"会有一天/你将不再为人世的苦痛而哭泣"。诗人从"落叶""微虫"的身上发现生命的启示，并以透彻的语言方式予以呈现。很单纯的意象却把抽象的生命过程形象化于你的眼前，让你审视，于静穆之中去领悟生命的真谛。语言感性显现准确，对生命本相的进入很深，其成熟的观察、透视、思索予人一种深邃的力量。是的，如果我们理解了"落叶"、理解了"万千的微虫"的因果，那么一颗沉重之心就放下了，就淡泊了，就不会"为人世的苦痛而哭泣"。

严羽在《沧浪诗话》中说："大抵禅道惟在妙悟，诗道亦在妙悟。"我这里要说的是：生命亦在妙悟。诗人从习见的事物中将生命的世相看破，泯灭掉苦痛之心，唯余淡泊禅心。如此所见、所思，自是生命的美感。

一旦将生命纳入与自然万物同在的轨道，美就会是唯一的呈现。"每个季节，草地上都安详，寂静/阳光把草叶的绿汁映亮"。其实生命就看你怎样去认知，当生命走到了冬季，走向衰老，你不以一颗苦痛之心去看待，自是一片安详、美好，像电影《金色池塘》中的诺曼那样，为自己诞生一个"金色池塘"，走向美的归宿。

222

王崇党　笔名南鲁，上海作协会员，作品散见于《诗刊》《星星》等报刊。著有诗集《南鲁诗选》《南鲁的集镇》《出神》等，获《诗刊》文库双年度优秀诗集奖、上海市作协2016年度作品奖。

香　气

去池塘边喂鸭子时，顺便在树枝上的篮子里放了几把苞谷
鸟儿饿了会自己来的。这时
低飘的白云突然降下来，变成了一群白鹭

小满田庄的桂花树下，一夜之间就落满了黄雪
我小心看了，除了鸟儿在上面写下一串"不"字
没有其他的痕迹

我收集了些桂花，回去秘制拿手的蜂蜜桂花茶
盘算着丢失了户籍的人应该在路上了，他内心的香气用完
回来正好续上

谷风赏读：

什克洛夫斯基（俄国形式主义理论家）说过：正是为了恢复对生活的体验，感到事物的存在，为了使石头成其为石头，才存在所谓的艺术。好的诗歌几乎是一种自然的状态，就是说诗人通过自然的现象和景场去暗示内心所感所悟。王崇党的这首诗歌几乎是完全不加修饰的一种对真实生活的白描，但，这不尽然。从理论角度来说，这首诗歌参合了无意识写作的特色，但是，通篇具有一定的隐喻性。这体现在"香气"本身，被隐藏在文字背后了。那么，从文本角度来说，香气本身是从哪个侧面映现的呢？关键就在这里。本诗分三段，但，每一段都有关于"香气"这是特殊主体意象的暗示效果。当你读到文字之后，你会感到语言的背后

有不动声色的东西，几乎是那种香在感知，在唤醒你的主观意识。它本身不是一种实现，主要的动机来自于超常的感知力。因为，诗人通过这些美的东西捕捉到了那种"感动"与"淡然"的心态，香气自然生发，这是不动声色的外溢。那么，他在第二段又关联到另一个景场，也是那么自然的铺展开来，这是真实的现场搬运到纸上的表情。而，那种香气又自然的生发出来。既不是文本中的"黄雪"之意象代言，也不是桂花树所带来的。真实的香气，不是现场感应，问题就巧妙在这里。因为，这个香气你闻不到，不是从桂花树上散发出来的真实的感觉。而是诗人内心的一种莫名的感触，可以说是一种良知上的发现，因为，作者在文本中特别用了一个"不"字，这是很有意思的，这正暗示了这一切的发生并非自然的现象，当然，里面更包含了一种内在的气息。面对现实和自然的世界，他感到的真正的"香气"是从内心生发出来的一种美好，或者说对美好的一种侧影之心。美好的生活会带来美好的事物，但这些美好的存在价值不是你看到的那种真实的东西，而是精神的升华。诗本身就是关照现实世界与人之间的关系的问题，这既符合文学的理念，更符合艺术上的存在价值。诗的语言传达给读者的并不是语言的表面那么简单，正因为如此，作者在第三段（结束段）说道，"盘算着丢失了户籍的人应该在路上了，他内心的香气用完/回来正好续上"。这是非常巧妙的艺术体验，因为诗歌现场的气氛已经关联到作者内心。关联和互文效果是在诗歌中很重要的一种艺术体现。这更能营造诗意的艺术效果。更能让读者通过隐秘的文字去参与语言背后所隐藏的那些美好动机。整体上，这首诗歌，是诗人在自然心态的状态下发现自然中的现象，又从中发现良知上的"根源"这就是真正的"香气"。就像苏珊·朗格说：诗歌语言"从根本上说来就不同于普通的会话语言，诗人用语言创造出来的东西是一种关于事件、人物、情感反应、经验、地点和生活状况的幻象"。那么，诗人王崇党这首诗歌最大的优点是行走自然、洒脱，以无意识写作的手法去体现原本内心的感知。诗歌在毫无雕琢的行走方式下展现的是主动的引领读者进入他那种美好的心境。但，不难看出，诗歌的结尾是延伸的一种精神外延姿态。这更会让读者感到包含的那种不可言说的生命接力。好的诗关键就是关注的精神和某些唤醒意识，这是到什么时候都不可抹杀的。

田字格　80后，江苏省作家协会会员。诗歌散见于《星星诗刊》《扬子江诗刊》《延河》《文学报》等，作品入选多种选本。著有诗集《灵魂的刻度》。

练 习

父亲，
在这块土地上，
我埋了五个亲人。
第一个是你，
那是三十年前的事了。
去年是祖母，
她不是最后一个，
死亡还在排着队到来。
父亲，
我怀抱骨灰盒的姿势越来越美，
像是抱着另一个自己，
舍不得停留片刻。

徐俊国赏读：

　　这首诗痛得很深，像一个字一个字刻在心上的。"在这块土地上"，"死亡还在排着队到来"，在众多亲人中，父亲竟是诗人第一个要割舍的。我和几个诗人曾听她唱《别哭，我最爱的人》和《向天再借五百年》，那是她在用父亲的口吻劝自己："别哭，我最爱的人，可知我将不会再醒。是否记得我骄傲地说，这世界我曾经来过，不要告诉我永恒是什么，我在最灿烂的瞬间毁灭。"痛可以反过来成为一种救赎和觉悟。田字格在对生命的持续追问中，发现自己"怀抱骨灰盒的姿势越来越美"，那是她对死亡的和解，一个领悟无常的人，终于可以笑吻死亡之火，与死亡共舞。

她抱着骨灰盒，"像是抱着另一个自己，/舍不得停留片刻"。肉身沉重，然而骨灰很轻，灵魂的重量是21克，亲人的次第离开逼她体认自己的精神面目，逼她了悟世间事如梦幻泡影，使她有了向死而生的冷静。读者深陷其中，不得不承受《练习》的沉重和滚烫，还有生死与爱恨的双重拷问。蒋勋说，爱是喜悦可以分享，爱是苦难可以分担，爱是我们怀抱着好多好多的残缺去渴望圆满。

田字格还有一首《中年的刻度》，可以与《练习》遥相呼应："中年是一个刻度，/为什么在温度计的下降里，/低低地哭？//中年背负的，/除了时间之重，真相之轻，/还有每一个鸟声啾啾的清晨，/半亩曙光的骨灰。"田字格是礼佛之人，内修，打坐，善而美，她的许多诗都是灵魂的刻度。

蒋志武 男,中国作协会员。2009年开始诗歌创作,有诗歌发表于《诗刊》《钟山》《天涯》《延河》等纯文学刊物。入围2015年中国华文青年诗歌奖等多种奖项,出版诗集《泥土上的火焰》《河流的对岸》。

最后一栋房子

最后一栋房子的窗口打开
里面探出人头,向外张望
秋天,幽暗的花园
动植物将预备一场寒冷中的喧响
一栋房子,在我的视线中
像一个人的行囊,把人装进口袋

而我窗外的河流,向东
不知道它有多深,或者
暗藏有多少滚动的沙子
这些在流水中对抗寂寞的小石头
会再次为一栋坚固的房子奠基
而我最终将抬起黄色的手指
将门铃按响

最后,一栋房子
洁白的墙,窗子,喷火的厨房
灯光,图片以及老调重弹的书籍
这些与命运相关的事物
它们所联系的痛苦
是我此生要服务的臣

梦天岚赏读：

对于生活，对于这栋房子里的一切想必他自有安排，但这首《最后一栋房子》并非是对于生活的安排或摹写，诗中说得很明白，它指向的是命运，而生活只是一个人命运的一部分。我们每谈及命运，都会认为不是一件简单轻松的事情，更何况这里要言及的是一个诗人的命运。自古至今，大凡有担当的诗人的命运大多都不好，穷困潦倒的、遭受排挤的、走投无路的、自尽的比比皆是。如今，就算一个诗人的生存问题可以解决，但并不意味着内心和精神上的问题也能解决。"最后一栋房子"在这里当是诗人对未来构建的一种隐喻，同样，房子里经过作者选择性言说的墙、窗子、喷火的厨房、灯光、图片、老调重弹的书籍也是对应于精神层面的隐喻。比方说"窗子"，对应的是敞开和关闭，或张望与想象的一个出口。"这些与命运相关的事物／它们所联系的痛苦／是我此生要服务的臣"，服务于痛苦，这是一个有担当的诗人的宿命。同时，这也是一个有野心的诗人，因为他要成为自己的王者，服务于这些痛苦的"臣"。

乌 有　本名李达飞，浙江临海人。作品发表于《诗刊》《星星》《中国新诗》《诗歌月刊》《诗潮》《诗探索》《诗林》《星河》等刊物，并入选多种选本。出版诗集《乌有之诗》。

虚　构

在乌有的坟前，默坐
墓志铭空着，等待不期而至的灵感
铺2076年清明节的临海报于地
摆上几样你喜欢的点心
鸭掌，香螺，豆面碎，青团
一本泛黄卷边的诗集
分行的文字多像山中分岔的小径
我曾经想就此迷失，隐居
奈何红尘万丈，茫茫，而碌碌
酒必不可少，灵江山糟烧
喜欢那味蕾灼火的感觉
血压缓缓升高，我们开始饶舌
一直想听你聊聊
我未能洞悉的，2017年之后
你不可知的后半生

　　詹明欧赏读：

　　对一首诗歌的点评看似简单实则艰难，艰难来自你虚苦劳神，自以为发现了诗歌中的微言大义，再浇些理论的酱油醋，以为是一道香味诱人的回锅肉了，但读者还是觉得读原文有味。点评弄不好，好比把一只活脱脱的鸡弄成了一地鸡毛，已经为他人作嫁衣裳，还背个吃力不讨好的包袱。难怪《等待戈多》中认为比"白痴""阴沟里的耗子"更难听骂人的话便是：你这个批评家！

所以，对乌有的《虚构》点评就包含着令人担心的危险，因为它本身就是一首完整耐读的诗歌。但我还是要逆流而上，对它作一番点评。

生活中的我，坐在诗人之我的坟前，烧香祭拜，喝酒对话，以至于你分不清哪个已死去，哪个还活着。这里提出了一个命题：作者的我，与生活中的我，看来是同一个人，实则貌合神离，又如此难解难分。生活中的乌有喜欢吃鸭掌，香螺，豆面碎，青团，喝灵江山糟烧，喜欢酒中那味蕾灼火的感觉，诗人的乌有又超越了这一切，甘愿抛开万丈红尘，抛开忙忙碌碌的生活，在诗歌中迷失，像隐士一样隐居在山林一角。

诗歌救不了生活中的我，当然，在某个荣耀的时刻，作品会带给生活中的人愉悦，甚至可能会借它而获得拯救。

生活在现世中，我们很少去关心自己死后情景，甚至不会去关心一片树叶为何晃动，枝头的鸟鸣为何发声。我们在庸常的生活中活得过于久长，将煤炭拥有，将火焰放弃，将碎片集中，将完整解散。我们的生活与渴望中的生活总隔着一段难以逾越的距离。所以，从这个意义上说，乌有的《虚构》有着穿透时空并有击中人心的反思警示。

蓝　紫　湖南邵阳人，广东省作家协会会员，现居东莞。作品散见于各文学期刊。已出版诗集《与蓝紫的一场偶遇》《蓝紫十四行诗集》，理论专著《疼痛诗学》待出。

轮　回

江山静止，清新的万物里
也孕育痛苦的美
这一片辽阔的土地，他的过去与未来
为每一个人拥有
同时，也容忍了他们的恶

积满尘埃的锅台上
时间滴下的灰烬，愈来愈黑
空土地与空房子，堆满死者的秘密
我们无需知晓
但早已经历或洞悉

 周塬赏读：

　　常惊异于诗人的发现，我们叫它洞察力。感悟世界，感悟生命，透彻现在过去与未来，是诗人的天赋，也是人为万物之灵具体的体现。美是一种永恒，历久而弥新，"世界上没有同样的一片树叶""人不能踏入同一条河流"，这些感悟是人类对自然诗意化能动的认知。只有美能够统一一切，"孕育"是多么痛苦又自然而欣悦的过程，我们统称美的发现，或审美的体验。诗歌不在于探讨审美的关照，是从智者的了悟中得到"辽阔的土地"承载着人类的过去与未来，"也容忍了他们的恶"，他们是相对的部分，生活真善美的另一面，对立的一面。在人世的烟火中，"积满尘埃的锅台上／时间滴下的灰烬，愈来愈黑"，多么犀利而

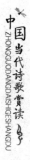

含蓄的控诉，对现实的生活，无稽的岁月，没有黑白的时间，赋予深沉不可抹去的黑色尘埃，就是"他们的恶"所致的沧桑。"空土地与空房子"还是让人能够联想"空巢与荒芜"，"堆满死者的秘密"，就是苦难人生，就是寂寞孤独"不胜依"。诗人虽没有经历，却洞悉着必然的历史与规律。"空"将是无可逆转的归宿，火的灰烬，风吹烟散，这就是轮回，万物朝宗。这是能动的虚无，是对大自然与人类规律的窥测，内心抵达空灵透彻的一种境界。人们看到汹涌的波涛会忽略掉海洋，当身在海洋的深处，我们极其渺小也会如此被忽略，这是一种人类不自觉的悲哀与无法捉摸的轮回！

莫卧儿　女，出生于四川。已出版诗集《当泪水遇见海水》《在我的国度》，长篇小说《女蜂》等。作品发表于《诗刊》《北京文学》《钟山》《创世纪》等刊物。曾参加第28届青春诗会。

父亲的帽子

父亲站在家门前的银桦树下
冲我挥手
树冠巨大的浓荫
就要下起一场绿雨

从古老的安宁河谷中
吹来一阵风
母亲和我眨了眨眼
睁开眼睛的时候
父亲已挑选好各种帽子

渔夫帽、礼帽、太阳帽
不同盈缺的月亮
从他头顶升起落下
夜色将他的眸子
渐渐包裹，看不分明

父亲就这样戴着帽子
穿行于大街小巷
身影变得越来越小
仿佛走进了帽子
空心的深处

门前的树冠不再落雨
也不常有鸟从雨中飞出

有一天风突然掀走了
父亲的帽子
醒目的银发在空中
跃动翻飞
那一瞬，仿佛新生的父亲
重返人间

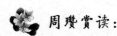 周瓒赏读：

在一首诗的写作过程中，第一时间进入诗人心中的元素会是什么？一个词？一句话？一种情绪？或者一个形象？经过感受与体验的加深而沉淀在记忆之中，发酵后不期然来到的这些元素，既可能是触发一首诗的诱因，也可以成为理解与阐释一首诗的"诗眼"，还会是联系诗人总体写作的主题与技艺特征的密码。

《父亲的帽子》一诗中，"帽子"即是那个触发诗歌情绪到来的意象。当然，它之于诗人的意义或许是独特的、个人性的，虽然从诗歌接受角度看，读者希望读到的是一个带有普遍情感意义的"帽子"。诗歌写作就是将这种独特性、个人性与人的共通情感与价值建立关系的过程。可以说，建立关系的方式（或诗歌技艺）有多种，在这首诗中，我们看到，诗人由"父亲的帽子"构想出的情境世界介于现实与超现实之间。第一节带有极强画面感的场景，仿佛记忆中的一场告别，树冠和父亲的帽子，促成了现实与超现实的关联。树有冠，人戴帽，到底是人在树下，还是人即树？这种混淆与模糊感正是诗意的发端。诗中虽有母亲和我的出场，但父亲却始终处在我们（母亲与我）的视角中，他是被我们看着的，换言之，他是离去的，被我们回忆起的。

帽子，联系着戴过它的那个人，在这首诗中，似乎这也不是一项具体的帽子，而仅作为与父亲相关的那个唤起诗人记忆的词语。因此，各

种各样的帽子出现了，帽子起舞，帽子将人带进它"空心的深处"。"空心的深处"正是诗人将逝者安放的所在——不灭的记忆，诗人随时可以调取它。于是，整首诗仿佛充满动感的回忆，塑造出了栩栩如生的父亲的形象。作为一首怀人之作，此诗为我们营造了一幅超现实画面，宁静又含蓄、深邃而生动。

东 涯 山东荣成人,曾参加第26届青春诗会,出版诗集《侧面的海》《山峦也懂得静默》《泅渡与邂逅》和诗歌合集《海边》《十三人行必有我诗》等,中国作家协会会员。现居石岛。

错 误

我一生都在犯错:我的性别
决定了出生的错误
我的死亡决定活着的错误
孤傲,任性,对爱情犯了错
妄想成为诗人我对诗歌犯了错
其实我淡泊,平和,热爱
固守内心的尊严,这对现实犯了错
不断地受伤,一次次走向虚无
又对存在犯下了错误
我生活在海边,不断地被虚构
被边缘化,像大海一样
孤单,和船只一样危险
对宽广的人世而言,我走在逼仄的路上
是选择的错误
干渴,饥饿,试图靠近溪中的清水
和树上的果实,则是臆想的错误
我对时间也犯下错误
把明天当作今天,把出生当作死亡
这让我的期望提前落空,我的祝福
延后未到——哦,是的
我痛苦:总有人是罪魁祸首
但这样的错误需要纠正
我一直靠右边走,尽可能地

屈尊于大众的快乐
这对内心的不安犯下了错误
我的到来让先人纠结，我的存在
让自我蒙羞——
我不是一个有病的人，但这一生
都在犯错：不知什么时候来
也不知什么时候去
不被任何人期待，也不被任何人遗忘

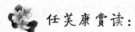 **任芙康赏读：**

　　东涯正真、善良，诗集《泅渡与邂逅》的开篇，便以《错误》一诗向读者坦承自己的感受。这首《错误》，当然不是作者的自供状，但每个句子的叙述，皆不令人陌生，甚至似乎刚在身边发生。将其列为一章生活讲义，或是当作一份人生档案，毫不牵强，贴切至极。

　　诗中列数的这些错误，通通给人一种错觉。把不是错误，说成错误；把没有错误，坐实为错误。这在诗人的生存现实中，一定有先例频仍，一定有切肤之痛。并且，一定有一些心地阴暗的家伙，就喜爱这些指鹿为马的表演。此诗的独特在于，不仅仅蕴含着随笔的素材，杂文的素材，散文的素材，其实更有小说的素材。当然它最终还是诗，用诗句表达出来，显然另有色、香、味、型。或者说，就有了客观的述说与节制的抒情，就有了可足供读者去繁衍、去完善的情节和故事。

　　有时候，我们读过一堆文字，白纸黑字，只有单一解释的选择，那仅仅算作一种狭隘的文字。不同生活阅历的人，不同价值尺度的人，读过一段话，如若做出不同的解读，不同的判断，或博人会心一笑，或激人怒发冲冠，这样的文字，就是高级货色。《错误》的文字品性，便具有多元的质地。

　　海风、海浪磨砺出来的东涯，能目测出海域的宽广，能估算出海浪的重量，过人之处还在于，可以聪慧地面对"人生无常"，用不幸化解不幸的问题，用幸福解决幸福的问题。东涯的清醒，常人少有，到了这一步，就等于是，无论做人作诗，东涯都抽中了上上签。

桑　眉　女,原名兰晓梅,畲族,1972年冬生于四川广安,寄居成都,现供职于《草堂》诗刊、《青年作家》杂志。成都文学院签约作家。出版个人诗集《上邪》《姐姐,我要回家》,合集《诗家》。

我厌倦了悲伤

余生无多
要像草木轮回
像无名小花不怕枯萎肆意绽放
我要重新爱上春天、河流
爱这平凡琐碎的人间
爱上来世
和你

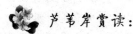

芦苇岸赏读:

反向而为,是这首诗歌夺目灼心的内因。

在小情小调小感觉浅哀轻愁充斥诗坛"走红"如走穴般易如反掌的当下,桑眉的这首诗犹如"横空出世"的一嗓子,卓尔不群。不难想见,"厌倦了"这个情态词,暗示诗人着实经历过非同寻常的沧桑,因为不是强说愁的那种"故作悲伤",所以才会有如此大悲大难之后的大彻大悟。

第一句直陈,似有无奈消沉意味;第二句陡然转调儿,向草木学习轮回之道。时下的遁世观,常把草木征用成无为不争之象,这很吊诡。其实,草木的欣欣向荣,才是道之可道。好在桑眉看破这个玄机,看到了草木真义,故有"肆意绽放"的自勉,这就对了。草木不是给人挥霍颓废,或作虚慈假道之掩饰的,而是予人以向上品质的拳拳灌注。"重新"二字无比珍贵,故有"爱"的诗意强调。这后三行,一句如扎加依夫斯基的正能量——尝试着赞美这残缺的世界。

最后,还是要回到人,即便苦难深深,悲伤绵绵,惑于困厄的命运,还是"爱"不离弃。诗有伤情,却给人正解。这就是存在的价值和意义。

李利忠 　又名李庄。1970年生，浙江建德人。浙江省作家协会会员，浙江省散文学会理事，浙江省诗词与楹联学会常务理事、《浙江诗联》主编，浙江省楹联研究会副会长、秘书长，浙江省辞赋学会副会长。

一树花

只要打开门，一树烂漫的花
就会放下矜持向我怀里扑来

我想我得勉力保持身材
才能心安理得

而她沉醉的样子
多么妩媚。她融化在

这个极简单的动作里
无力自拔。她的不厌其烦

让我满怀困惑，假如我死了
她会不会扑空

而我又将用什么来感知
她顾自俏丽享受年华

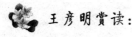 **王彦明赏读：**

　　我们习惯于以经验进入世界，触摸大象的腿；而撤去遮在眼前的叶子之后，往往又会徒然叹息。《一树花》在细节上率先做出了省查："放下矜持"和"融化"本身就在制造一种互动气象，这"象"仿佛真"象"；

对应的，自我世界一直有一种抵抗潜藏，"勉力"的冷漠与外在的陶醉共同推进。如果我们以惯常地经验，可能会使得自身成为共谋者，无论语境，还是精神体验。诗人的抗拒与跳脱，进一步实现是在臆想之中，"假如我死了"，以极致的毁灭来推进作品，在强烈的对立情绪里，以极其舒缓的节奏，完成了一次精神抗辩。诗人有效地在熟悉的氛围里，抵达陌生的精神语境。

蔡根谈　曾用笔名花枪、唐煜然。现居海南岛。作品见于国内外各刊物及众多选本。2007年获首届"御鼎诗歌奖"，获《诗潮》"2014年度诗歌奖·新诗奖"，2014年参加《人民文学》第3届"新浪潮"诗会。出版诗集《语话诗》。

全家福

原先是爷爷坐在中间，现在换成父亲
多少年后，那个位置就轮到我了
岁月流逝，人生的光和影，瞬间停留
让我们得以看见自己的出身和来历
一张又一张全家福，按顺序
夹在族谱泛黄的纸页间
就这样，我们一代又一代，坚强地活着
悲欢离合地活着，把日子一页一页地翻过去
逢年过节，低头烧香烛纸钱
感谢先祖，多亏了他们保佑
我们还算平安，只是他们传下来的谚语
渐渐测不准天气和人心了
他们定下的规矩，越来越无力了
其实，世间的事，他们都看得一清二楚
但总在高处笑而不语，有时候
看到我们太苦太累，或者误入歧途了
就以托梦的方式指引我们
一些简单的道理，久老的经验，寥寥几句
就让我们恍悟，山是山，水是水
天地乾坤，花开花落，冬去春来又一年
就这样循环轮回，生生不息
他们不说太多，总是点到为止，说完摇着扇子腾云而去

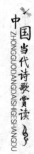

在另一个世界里，他们其乐融融，按辈分坐好站好
边聊家常边等下一代人到来，又继续拍一张全家福。

 李锋赏读：

　　尖新奇巧貌似先锋实则单薄的诗作我们见得太多了，而蔡根谈此诗
貌似传统却静水流深带给我久违的阅读感受。此诗语言绵密温情，非常
切合全家福照片的团聚喜庆情景。此诗语言又特别质朴流畅，真有时间
逝水之感，虽语气平静却又不乏惊心变迁，譬如开头两句寓有多少沧桑
感慨！其语言绵密但绝非瓷实以致无法呼吸，而是笔兼虚实生死无隔，
从人间的全家福迤逦写至天上的全家福，眼前意中俱摄无遗，实则以超
现实之笔拍下一幅生死同在的全景全家福，大慰国人悠悠绵延的家族孝
思安聚福乐的传统情怀。

徐　泽　江苏作协签约作家，南京市文联签约作家。1990年毕业于北京鲁迅文学院作家班。近年来在《中国作家》《十月》《钟山》等报刊发表作品，著有《请与我同行》《徐泽诗选》等诗文集。现居南京。

我们常常谈论死亡

我们常常谈论死亡
但我们谁都不想死

暮气沉沉的生活
还要一天天过下去

有人撞了火车
有人跳河自尽

不想成为英雄的人
都成了英雄

黑暗中　有一种气息
离我们越来越近

刘絮赏读：

　　明知未来是永远不可能触及的，但是憧憬与希望总会不时紧扣人生门扉，新生总是能够使人感到欢愉，因为它象征着希望。与之相对的是，死亡总是为人避讳，因为它代表着生命的终结与失去一切。勇于谈论死亡的人对人生必定是有所参悟的，敢于直面死亡的人必定有着生命的信仰与反抗一切的勇气。徐泽在诗歌中多次提及死亡，《我们常常谈论死亡》表现了诗人对死亡的深思，谈论死亡时定会觉得自己离它很远，或许带着戏谑的态度来表示对死亡的无畏，但实际上每个人内心都是惧怕的。无论生活得幸福与否，有没有爱的眷顾与支撑，对于死亡我们都望而生畏，这也是人发自内心的对生命的珍惜与不舍。生命的消逝总是发生在某一个瞬间，无论是主动的放弃还是偶然的失去，死亡终究会降临，这也是所有个体的命运，我们无从选择。对于死亡望而生畏，但又没法避免与之相遇，这是人无法选择的宿命，也是人的悲剧性之一。尽管生命如此不堪，但我们在死亡面前并非完全被动，每个生命可以选择的是生存态度，是可以"谈论死亡"时的坦坦荡荡，来勇敢面对生活中的光明与黑暗。

秋 水　本名钱如兰。70后，写诗及其他。作品入选多种年度选本。参加《诗刊》社第31届青春诗会，鲁院第31届中青年高研班学员。著有诗集《有时只是瞬间》。

立春日

一个飞蛾扑火刻舟求剑的人
一个将种子埋入灰烬
预判自己无期徒刑的人
一个从一场场风雪中睡去醒来
想于故纸堆中囚禁一生的人
在候鸟般的冬天
获得假释
如大梦初醒
如门前的母亲河又绿了江南
埋于深喉的三个字
东风一吹，从执拗的唇线上复活
像一串梨花重返枝头

佚名赏读：

立春是最为人熟知的节气，是农历二十四节气中的第一个。古籍《群芳谱》对立春解释为："立，始建也"，立春即春天伊始，意味着万物生长、春暖花开。这首诗，诗人正是借立春这一象征意义记录了一个人"从冬到春"般的强烈变化。全诗十二句，前五句写一个人原有的状态；第六、第七句承上启下；第八句之后写诗中人的转变。诗人在最后用"一串梨花重返枝头"这一生动形象，形容其变化恰如万物复苏的立春日到来。诗歌运用了夸张手法，使诗中人的变化前后形成鲜明对比，令诗意更有张力。然而诗人也留下不少悬念：其变化的标志是"埋于深喉的三个字" "从执拗的唇线上复活"，那么究竟是哪三个字呢？诗中人又经历了什么令其有如此转变？为什么是"候鸟般的冬天"，又为什么只是"获得假释"？这些疑问给读者留下了充分的想象空间，也使诗歌变得意味深长。

陈树照　1964年生于河南光山。主要著作有诗集《露水打湿的村庄》《远方》《空城》等、诗论《左岸诗话》等。2014年获徐志摩微诗奖。现居佳木斯。

蚯 蚓

我惊叹一条蚯蚓
它的一生都活在泥土里
偶尔爬出石头　树木
仍要返回地下
似乎它生来就不怕死亡

它那么渺小　细软无骨
从一块泥到另一块泥
从一种黑暗进入另一种黑暗
我想　它凭借的不仅仅是周身蠕动的力量
它一定有一颗明亮的心

我惊叹它的执着　永不停息
一生把巢安在底层
一旦被犁铧　铁铲　斩断掀出
那暗红的伤口　在阳光下挣扎
让我这个长骨头的人
也会感到颤怵！

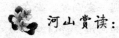 河山赏读：

　　一个人独行夜路，面对庞大的黑暗并不可怕，可怕的是，你内心的灯盏若破灭了，那黑暗是何等的大呢？"它那么渺小　细软无骨／从一

247

块泥到另一块泥／从一种黑暗进入另一种黑暗／我想　它凭借的不仅仅是周身蠕动的力量／它一定有一颗明亮的心……"读到诗人陈树照写的《蚯蚓》一诗，我的心空仿佛被一盏来自黑暗深处的灯盏，一下子照亮了。

诗人用灵魂和智慧塑造的那条看似弱不禁风的小蚯蚓，立刻呈现在我的眼前，它让我体验到一种脆弱而卑微的生命，所蕴含的生命能量。诗人巧借蚯蚓，对自身情感进行释放，也是诗人对生活在底层的弱势群体的一种深刻认识与反思。因为诗人始终坚信活在泥土里的"蚯蚓"，"从一块泥到另一块泥"，在黑暗的囚禁下，"它一定有一颗明亮的心"。而这颗明亮的心，正是诗人用灵魂打造出的一盏精神之灯，它压倒一切黑暗。

《蚯蚓》这首诗所爆发出来的能量是不可阻挡的，它以最快的速度与最短的距离，进入核心，并在我的阅读体验里接近完美与永恒。与其说是细小蠕动的蚯蚓在引导我的情感走向，不如说是诗人多年来，通过对人生和生活的深切感悟、细心观察，运用诗歌这一载体，把他对世间的悲悯、情仇、生死、爱恨，都融入短短的十几行诗中。我的心灵不得不随着诗歌的轨迹，进入到诗人用文字语言所营造出的一种庞大而新鲜的诗意空间。在这样的艺术空间里，我感受到了生命的存在，和抗争的理由，死亡的理由，黑暗与光明共存的理由。正如诗人在《蚯蚓》第一节中的独白："我惊叹一条蚯蚓／它的一生都活在泥土里／偶尔爬出石头　树木／仍要返回地下／似乎它生来就不怕死亡……"

诗人站在自己的立场上，以一个思想者的态度，对一条"蚯蚓"的生存状态进行描述。

这首诗看起来好像很简单，根本看不到打磨和渲染的痕迹。诗的首行其实在大智大慧面前，生和死是同等的，也是公平的。泥土孕育了生命，同样泥土也是生命死亡的归宿。记得有一位诗人说过："熟悉的地方没有景色。"但诗人陈树照恰恰在被人们忽视的景物里，找到了新的景色，这景色就是他的诗。可见这首诗的诞生不是轻而易举的，是下了一番功夫的，特别是诗的第三节，更是把诗意提升到一定高度。安在底层的"巢"，唤起读者对笼罩在困境中的家的理解和同情。那暗红的伤口，在阳光下挣扎，则暗示生命所面临的苦难，及在死亡面前做出的最后抗争。

陈鱼观 20世纪70年代生于浙江乐清，21世纪初开始写作。著有文化地理随笔集《雁荡归欤》，新诗集《台风眼》。浙江省作协会员。

霜降之后，或更远

留在这里的人等待葬给冬天
为一枚针插入土地，刺破深夜
回首处，你瘦成一条河
上游有树叶飘来，纹理清晰
灿若晨霞，宋词的韵脚，
岸边有女子踏歌，我不敢断定她的来历
歌声切入我的乡音
比霜降更远，去唐朝
白发宫女缝制征衣，情愫流落民间
路那头笛声悠扬，日色西沉，秋风西来……
我浑然不觉，决定给你写信
第三座桥下，有一句错乱的语法

 梁晓明赏读：

　　读完全诗，我完全相信这是一位相当不错的诗人，你可以问他你到底想说出什么？或者你的意思到底是什么？但对于一首完全自足自在呈现的诗歌，这些所谓的问题，都不成为问题了，因为你只要潜心阅读，沉浸在诗歌中，所有的感受就足以使你感受丰富和满足，若以一个鲜明或者清晰的理念道理来突出，诗歌就反而显得不够上乘了。

　　诗歌就是这样一种奇怪的文学样态，这首诗歌最大的优点其实在我看来，就是他的语言，正如他开篇写的霜降之后，"留在这里的人等待葬给冬天／为一枚针插入土地"，以及"岸边有女子踏歌，我不敢断定她的来历／歌声切入我的乡音／比霜降更远，去唐朝……"秋天冬天，

宋词唐诗来回跳荡，你只要跟着作者的这些诗句上下跳荡的去感受即可，如果你停下来纠结到底什么是这一根针，以及纠结他这样的语句"第三座桥下，有一句错乱的语法"，那你就会被意义所误导，这样也就慢慢离开了诗歌的本真享受了。

漫　尘　1966年生于上海，上海市作家协会会员。作品散见于《诗刊》《星星》《诗歌月刊》《绿风》《上海诗人》等。出版诗集《云影天光》《温柔渐渐老去》等。

航　拍

刚开始
镜头有些摇晃
但很清晰
螺旋桨刮起的风
卷起地上枯叶
然后是树梢的喧哗
带动丛林
然后是山峰绵延
一直到断崖下的海岸线
村庄、原野、城市
相继成为不同颜色的马赛克
海岸线也逐渐成为
蓝白色漩涡
最后，地球像一只
蓝莓之眼
比我们更孤冷
让我们在醉酒与诗幻中
舍不得
引力

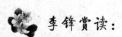 李锋赏读：

　一首单纯而美丽的小诗，读之心喜。拔地而起，飞腾直上，一层层

地视野扩展，带来景致的变换，带着声音、色彩和动感，为我们生存的地球留影，并题写下美丽之名：蓝莓之眼！"眼"的意象出现改变了单一视角，构成对视，在宇宙茫漠的孤冷背景下，这种对视里当然渗进了情感，却偏偏以物理学的"引力"来暗喻之，同时终止了一路飘离的运动，在陶醉中蓄满了重返地球怀抱的势能。完全可以说"引力"是此诗成功的关键，它贯穿了整个运动的始终，使得层层变换的景致有了内在的约束，不致松散粗放，在飘逸的飞离之后又预示了深情的回归，不致往而不返。

孟醒石　原名孟领利，1977年生，河北无极人，曾参加诗刊社第30届青春诗会、鲁迅文学院第31届中青年作家高研班、上海大学中国创意写作中心高研班，出版《诗无极》《子语》等书。现为中国作家协会会员。

倒时差

孤独的孩子，乘坐纸飞机旅行
穿越少年、青年
在云阵上翱翔，在雷电下俯冲
机翼被火烧云引燃
仍在半空盘旋
不愿意降落下来

这些日子，我不断梦到故乡、异乡、他乡
梦见你，你，你，还有你
我把一封封情书，叠成纸飞机
"收到了吗？"没有人回答
理想的机场，成了船坞与海港
姑娘们都在中年的人群中消失了

我也没有站在原地，而是躲进世界一隅
每天上班、下班
耳膜不时出现飞机起降时的轰鸣
导致我情绪低落，动不动，万念俱灰
有人问我："怎么啦？"
"我每天——总在——倒时差。"

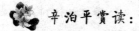 **辛泊平赏读：**

《倒时差》写的是一种错位，那种忙碌而又无所适从的人生状态，以及精神与肉体貌合神离的生命悖论，轻描淡写的笔触，却道出了人生的焦虑与尴尬。我们真的希望自己做的一切有意义，真的希望自己能永远和这个伟大的时代合拍，肉体一直在努力。可是，有一种存在属于我们又不听我们的指挥，那就是虚无缥缈的灵魂。我们不得不调整自己的生理和心理，目的只有一个，那就是倒回时差，让生命最终安静下来，能和时间达成最终的和解。可以这样说，一个总在倒时差的人是痛苦的。他的痛苦不是来自生理，而是来自深刻的自省，来自心灵的诉求。他没有与世俯仰，随波追流，而是在那种倒时差的痛苦中感知灵魂的存在，和理想的温度。

我喜欢这首直面生存现状的诗，它不轻飘，不做作，而是那样真实，那样自然。他没有横眉立目，没有苦着脸控诉不公，相反，他克制地叙述，幽默地言说，但张力也正是在这时产生的。

布非步　诗人，媒体人。籍贯河南南阳，现居广州。

失语的叶赛宁

他苍白的脸，映着红色手风琴的绝唱
在白银时代，像个独特而深刻的思想家。

"与其说是一个人，倒不如说是自然界
特意为了表达对一切生灵的爱和恻隐之心，
而创造出的一个器官。"

那时，他19岁，把故乡的白桦、木屋、原野、
狗吠等统统带入彼得格勒。
而叶赛宁情调，与那些秘密组织无关，譬如
歌舞伎　譬如自由逃逸者

目睹被蹂躏的田野，异乡人喝下第三杯伏特加
他说：我要把这个恶趣味的世界的赞美诗
统统塞进欧罗巴的马桶！

而漫长的柔情毫无出路
俄罗斯啊，久病的饕餮之人
扯掉向日葵的头颅，掏出一个流氓的爱情。

念诗吧！念诗！

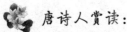 **唐诗人赏读：**

很明显，布非步这首《失语的叶赛宁》，是感慨于俄罗斯诗人叶赛

中国当代诗歌赏读 ZHONGGUODANGDAISHIGESHANGDU

宁诗歌风格和人生遭遇而创作出来的。叶赛宁的诗歌，最早是典型的乡村自然风格，所以高尔基评论说："与其说是一个人，倒不如说是自然界特意为了表达对一切生灵的爱和恻隐之心，而创造出的一个器官。"布非步把这句直接纳入诗作中，成为独立的一小节，应是对这种风格的缅怀。这种乡村风格进入彼得格勒，给人们带去的是纯粹的、干净的诗作和情感，而彼得格勒，或者说他踏进的历史时代，却不再有质朴的面目，而是遍布着阴谋和罪恶。

　　叶赛宁向往着革命，期待着新时代新社会，他看到的、感受到的黑暗时代，踩蹒了自然世界，毁灭了他内心深处的美好象征。"扯掉向日葵的头颅，掏出一个流氓的爱情"，残酷现实扼灭了诗人的心灵家园，只有以一个流氓式的胡闹才能对应那个时代的混乱与黑暗。"念诗吧！念诗！"这本是1924年叶赛宁在彼得堡拉萨尔大厅朗诵《酒馆莫斯科》和《一个流氓的爱情》时因为说太多关于革命的话而收到的提醒，随后他进入了诗的状态，"……他沉浸在忘情陶醉之中，对世界的挑战和辛酸疲惫、困顿痛苦搅在一起。他的诗洋溢着困兽犹斗般的绝望、毫无出路的柔情和要用拳头、用鲜血捍卫自己的权利——忧伤的权利，歌唱的权利，死亡的权利的不可遏制的决心。"

　　这首诗，短短的十五行，即综合了叶赛宁生活中的几个重要片段，还糅合了叶赛宁自己的诗歌，包括他人关于他的评论。简练、精准地勾勒出叶赛宁其人其诗的风格性质和历史遭遇；同时，诗人布非步也借着这短短的陈述性诗句表达了自己对叶赛宁诗歌的崇尚和对叶赛宁生平命运的感慨。

张建新　1973年生，安徽望江人。著有诗集《生于虚构》《雨的安慰》，《赶路诗刊》编委，曾获"张坚诗歌奖""御鼎诗歌奖""《安徽文学》第二届年度期刊诗歌类一等奖"等奖项。

在青林寺或不在青林寺

我比雪晚一些抵达
进入青林寺首先
要进入到一场雪中
我是人群中的早起者
一行遗留和消失的脚印
见证了这些，也见证了
雪仍在身后落下
鸟群在树枝上落下
我在早课的经声里落下

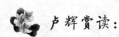

卢辉赏读：

　　写诗，有时真不需要过早将"意义"搬出。若过早地让语词背负"意义"的重轭，充其量，只是语言带着诗人走，就很难达到"诗人带着语言走"的写诗最高境界。要想达到"诗人带着语言走"的境界，就必须将"意义"化整为零，将"意义"融渗到字里行间。张建新的《在青林寺或不在青林寺》一诗就有这样的特点。诗人不正面直写寺庙烟火、祈福报恩等"意义"性的场景，而是侧写"雪仍在身后落下／鸟群在树枝上落下／我在早课的经声里落下"那种"落下"时看似无确指却是一片神秘而神圣的境地，正是这个"无确指"的神秘境地十分吻合人们对寺庙的虔诚之心，进而让所有像"我"这样的"早起者"的心源接通了大千世界的"神性"领域。这正是"在青林寺或不在青林寺"的魅力所在。

吴乙一 原名吴伟华，1978年9月出生，广东省平远县人；当过兵。出版诗集《无法隐瞒》《不再重来》，曾获第6届中国红高粱诗歌奖；系中国作家协会会员、广东文学院第四届签约作家。

考试记

窗外，麻雀唧啾。名词解释：
公共危机、马太效应。决策者的
唾沫，学制两年，专升本为口水
熟透了的石榴，有如填空题的孤寂
所以，它咧开嘴，像一朵大红花
冲突属于（　）。ABCD平分秋色
穿黑裙子的女生，仿佛昨天晚归的猫
在论述题后面留下轻盈的脚印
危机就是机会？试述如何
对领导权力进行科学合理的划分和配置
监考官的眼睛如棕榈树上的果实
密密麻麻。考场纪律，它不是多项选择
关闭手机里的身份证、准考证
有老师进来给学生递答案——
党校附近，一车主为躲避交通稽查
慌不择路，连人带车扎入池塘

公元2007年1月12日。阴有小雨
党校考试。《领导学基础》，七试室22号

 谭夏阳赏读：

我坚持认为，吴乙一最擅长的手法是叙事（叙述），例如早期的《白菊花》和《青梨》等，都是不可多得的佳作。从中，可以窥见一位高手如何通过不动声色的调度，让诗歌在沉着镇定的推进中渐渐显山露水，最后尽得欢颜。他的叙述是平实的，甚至有些木讷和不自信，但这并不能掩盖事情的真相，那些隐藏在文字背后烁动的智慧火花，不时在诗行间迸发，照亮全诗，令人击节称快。

《考试记》一诗，可让我们发现：吴乙一不但善于收拾残局，更善于制造混乱，以期获取闲庭信步的反差效果。

诗歌的开头是一个空镜：试室外面明净的环境，平静中暗藏着汹涌。果然，试题里的名词解释、填空、选择，还有空泛的论述题，在大脑中制造混乱和眩晕。而更大的波澜来自考试纪律，监考官看似严格"眼睛如棕榈树上的果实／密密麻麻"，但却默许"老师进来给学生递答案"，可以想见，此刻考试者心里一定是波涛拍岸，一片滔滔。这时，作者用一个似乎与主题毫不相干的车祸来将混乱推至高潮，"党校附近，一车主为躲避交通稽查／慌不择路，连人带车扎入池塘"……至此，混乱变得不可收拾，反而平添了喜剧效果。也正因为如此，作者的高明手段在最后得以展露无遗：他以反常规的金箍棒，在读者心中搅出哄哄乱象，而他却抽身而出，从容地端坐于试室内，仿佛已经掌握了秩序的秘密。

他在诗末平静地写下："公元2007年1月12日。阴有小雨／党校考试。《领导学基础》，七试室22号"。正是这种从容，镇压了全诗混乱不堪的气象——从波澜四起到水波不惊。

任怀强　曾用笔名麦歌等，山东新泰人。中国作家协会会员，山东散文学会理事。曾参加山东大学作家研究生班，山东作协第5届青年作家高级研讨班。山东农业工程学院客座教授。有诗集《我们的心灵》《去瓦城的路上》。

绿皮火车

无人区的青藏高原
道轨颤抖中　绿皮火车
前进着　荒凉扑面而来
太阳刚刚升腾　他的光亮
洒进车厢　像找寻惊醒者
好大一会才会转向　想起
告别"撒哈拉旅社"　想起
城墙上翻动的旗帜　想起
蜂拥而至的人群堆积广场
金桂飘香的诗意空间尽无
公园　遗址　碑林　石狮子
一脸鄙睨　闲逛乱麻的街头
缠绕整个城市交通　怀着期待
远离　无人区　没有绿色
没有雪景　甚至没有一只
小动物的无人区　一片荒凉
没有惊喜　但依然喜欢
拥挤的同车厢有三位高大壮实的
男青年　目光淡然　从上车后
我只是礼貌微笑一直微笑

中国当代诗歌赏读
ZHONGGUODANGDAISHIGESHANGDU

 **育邦赏读：**

　　《绿皮火车》既有客观冷静的一面，像寂静的绿色火焰，像荒凉的无人区时空；又有热情似火的一面，闪烁着对世界的温情与对人性的光芒，像冬天的太阳苍白又温暖，像冰窟房间里的小火炉及时又迫切。当我们离开城市，离开人群，进入无人区，便不再有绿色，甚至不再出现怡人的景致，唯余苍茫与荒凉，然而我们的灵魂依旧燃烧着火焰，车厢里充盈着淡然的目光和永恒的微笑。在这短短的诗章中，交织着诗人对于黑暗与光明、荒凉与温馨、有人与无人的零度观察，同时又在细微之处彰显了诗人那颗博大的怜悯之心。是可观瞻矣！

王性初　祖籍福建，现居美国。美国《中外论坛》总编辑、美国华文文艺家协会副会长。著有诗集《独木舟》，散文集《唐人街涂鸦》等多种。诗作曾获世界华人"中山文学奖""中国新移民文学杰出贡献奖"等。

唐人街

黑眼睛望穿黑眼睛
于尊严的季节里归来
黄皮肤贴着黄皮肤
愈合一代代无法愈合的伤痕

点横竖撇捺
迷人的方块正与蓝天对话
熟悉的笔画
填补了旷久的心空

有无数亲切
有无数沉浮
都在CHINA的china里盛着[1]
都在缤纷的橱窗里活着

然后
用一双双相思的筷子
挟起了乡音的彩虹
一道道一弯弯又甜又苦

有无数泯灭

（1）英语中，中国China与瓷器china是一个词。

有无数省略
都在皱纹的啼笑中
笑成一滴唐人的历史

唐人的历史铺成这条街
这条街是一条龙
异邦土地上的一条
东—方—龙

 熊国华赏读：

唐人街，也叫华埠、中国城，是华人在海外国家地区聚集居住的地方，也是最容易产生乡愁的地方。王性初于20世纪80年代末从福建移民到美国旧金山，诗里的原型应当是旧金山的唐人街，也可以泛指所有的唐人街。

诗人先从中国人黑眼睛、黄皮肤的外貌特征写起。"望穿"极具张力，既可指华人移民盼望亲人，也可指盼望祖国强大使海外华人获得"尊严"。"黄皮肤贴着黄皮肤"取暖，"愈合一代代无法愈合的伤痕"的冰山下面，是早期华人移民受到的无数歧视和屈辱。一个民族的语言文字最易触发乡愁。"迷人的方块正与蓝天对话"，唐人街的招牌、广告上的横竖点撇捺的笔画，填补了海外华人移民在异族文化包围中的心理落差和精神虚空，成为一种母土文化的精神支柱。接着，诗人巧妙借用英文大写CHINA（中国）与小写china（瓷器）是同一个词的语言学知识，把"无数亲切""无数沉浮"都"盛着"；用中国人最拿手的吃饭工具"挟起了乡音的彩虹"，去品尝又甜又苦的乡愁。诗人还跨行运用"有无数……"的排比句式，将唐人街的无数亲切、沉浮、泯灭、省略，浓缩在"皱纹的啼笑中／笑成一滴唐人的历史"。

唐人街是"异邦土地上的一条／东—方—龙"，诗人自言源于在唐人街看舞龙而产生灵感，这一巨大、鲜活、深刻的象征性意象，不仅是对中国传统文化的艺术概括，对海外华人艰苦奋斗的肯定，也是对祖国腾飞于世界的美好祝愿。

王彦明 生于天津。80后代表诗人、青年评论家。毕业于陕西师范大学中文系。教书、写作，编辑刊物。

关于他

"他习惯于走夜路，一个人
安安静静的，没有太多想法。"

"他总是沉默，很少言语。
即使说话，也是自言自语。"

"他一直是个好听众，从不打断
别人的发言。而且写一手漂亮的笔记。"

"他似乎喜欢别人的安排，连坟地
都是组织安排的。哦，他无儿无女。"

"他一生都是那么规规矩矩的一个人。
他在墓志铭里这么写着。"

 卢桢赏读：

　　在王彦明的《关于他》中，我们始终可以听到一位语气沉郁的叙述者之声，这位叙述者将意义不断增殖的价值判断赋予安静、沉默、本分、规矩的"他"，使读者清晰地捕捉到蕴含在"他"身上的精神符码。同时，抒情者眼中的形象并非特立独行的个体，"他"就生活在我们的身边，践行着常人习焉不察却又身体力行的人际交往规则，虚无地消耗着生命，压抑着自身的思想，诗人的批判意识可见一斑。值得注意的是，文本的每一段所具有的语法结构具有相似性，这种不断复现的稳定结构，似乎也在形式层面与"他"所经历的那种极度稳定的"办公室生存"形成互文联系。从这个意义上说，这首诗在形式与内容上互为支撑，确保了叙述的姿态和批判的方向。

宁延达　满族，20世纪90年代开始诗歌创作，作品发表于《诗刊》《星星》《诗选刊》《北京文学》等刊，并收入各种年度选本。出版诗集《大有歌》《风在石头里低低地吹》《空房间》《我欠你一场繁华》等。

旧　路

牛和羊蹚出的小路失去了光亮
人们不再需要上山砍柴
那些山路被悄然折断
树林幻影重重
黑喜鹊的舌尖含着半片黎明
风清露冷。枝头残月正淡淡化去
花斑猎豹静静蹲伏在树丛

当光线一丝丝挤进来
两只白兔昏暝间啃草
路边被爱过的每一朵花
像是过去的每一个日子
那个骄傲的人站在雾气中
将空洞托管给空洞
湿漉漉地
让爱与死亡缓缓而行

宫白云赏读：

　　好诗人都具备好的诗格与人格，写出的诗歌也有好的境界与好的品位。印象里宁延达就是这样的好诗人。他的诗歌丰盈充沛，色调温暖，自由优雅，从容超然。他很善于从日常中发掘诗意、诗情，展示人生的哲理与生命的感悟，他常用幻象的手法和哲思的语言让诗不断地处在一种延伸与联想的状态，并在那里去触摸一种实现。

博纳富瓦说："写诗这种行为本身就像炼丹术的神秘之举。"宁延达的"神秘之举"就在于他能够瞬间抓住"炼丹过程"中的诸种的变形，在意识与无意识间萃取事物的真谛，将其准确地表达出来，例如他的这首《旧路》，从这首《旧路》不难看出宁延达已经相当熟练地掌握住了他秘密的"炼丹术"，他先从大自然入手，采用曲折的方式折射出现实对自然环境的破坏，他往他的"炼丹炉"里添加"牛和羊""黑喜鹊""残月""花斑猎豹"，随着这些药引的线索，许多的"路"开始"显形"，有的"失去了光亮"，有的"悄然折断"。当诗人有意识地让"路"无路可走时，他无意识地让一丝丝光线挤了进来，并给出一个画面"两只白兔昏暝间啃草"，这个画面太有意味了，"两只白兔"既可以看作自然的物象也可指代生活中的"夫妻"双方，而"昏暝"既可解释为昏暗、黑暗，又可解释为傍晚，如此的双重指代既呈现了现实的"昏暗"又呈现了人近"傍晚"（中年）的艰难。在这种无意识的变形中，不经意间诗人就神奇地退回一旁观看他的"旧路"，并有如神助地迸发出一神来之笔"路边被爱过的每一朵花/像是过去的每一个日子"，由自然切入人生，让爱与"每一个日子"交会，形成了一种开放的阔大空间，而在这个空间的内部却处处闪现着他与每一个过去了的日子的对峙、妥协和和解。

所有的这一切，诗人都是以一种自然的方式呈现，字里行间充满了大自然神秘的气息，这种气息同时也折射出生命路途那些不为外人道也的种种情与绪、爱与思。当那些生命中的光亮、爱，渐渐交会为"炼丹炉"里冒出的"雾气"，诗人与自己的神灵相遇，在无限维的境遇中，随手都是空洞，但爱与死亡还在，正是它们的无限构成了生命的无限，也构成了诗歌的无限。诗人在对自己过去的检视与未来的提醒中，猛然捕捉到"让爱与死亡缓缓而行"才是生命的真意。

柴　薪　诗人，散文家，衢州市作协副主席。已在《北京文学》《江南》《山东文学》等刊发表小说、散文、诗歌80余万字，并有多篇作品被《新华文摘·中短篇小说选粹》《中华文学选刊》《散文选刊》等选载及入选多种年度选本。

过　往

我一直不敢说那朵花凋谢了
我一直不敢说那只蝶枯萎了
我一直不敢说那颗流星陨落了
我怕说出那种声音
像黑暗坠入黑洞
像无声无息的虚无

那一刻　我也像坠入悬崖
往下飞　往下飞
有手有脚　却没有翅膀

若凡赏读：

想起很多噩梦，大多数总是在落入悬崖的一刻让自己飞了起来。却也有在落入深渊的瞬间惊醒过来。飞翔和坠落都不真实，只是潜意识里，我们在竭力完成对自身内心恐惧的救赎。当我们有过这样的体会，再来感受这首诗，很多诗外的东西便心领意会了。

诗人的眼光落在身外的某个事物，比如一朵花，一只昆虫，一颗流星，也比如这些指向外的某个事物，但最后折射的却是自己的内心。绕道某个声音，绕道某个事实，是因为我们内心的虚弱。这种指"桑"说"槐"的结果，是让诗歌直抵我们的心灵，激发深深的共鸣。感谢诗歌，言我们不能言说之意。

卞云飞　笔名：如云飞过。70后。出生于江苏扬州东郊农村。江苏省作协会员。著有诗集《云的翅膀》。

凌晨两点的雨

冷暴力，将咖啡的功效放大十倍

它们恶作剧地敲打着六车道
这巨大的黑键盘，要借天空诉说

它们使深秋的枝叶返照夏夜的冲动
它们埋伏在枝叶背后，向挡风玻璃

射来密集的箭头……

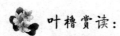 叶橹赏读：

　　这样一首只有六句的短诗，让我们很快进入一种情境。事实的情境很简单：夜半雨中驾车的遭遇。如果仅此一句，能有什么诗性和诗意吗？卞云飞的智慧在于，他用"冷暴力，将咖啡的功效放大十倍"这一句诗性语言，不但呈现了一种情境，而且写出了内心的感受。读者会联想到，他是在喝了咖啡之后夜半驾车，而在遭雨时，这种"冷暴力"使他的精神紧张度远超咖啡的提神作用。这就是诗性语言同一般的陈述语言的不同之处。

　　不仅如此。在后面的情景呈现中，我们甚至感到了某种现实内涵的扩充，进而联想到一些遭雨之后的"言外之意"。那"要借天空诉说"的内心隐秘，那"夏夜的冲动"和"向挡风玻璃//射来密集的箭头"之类的"含沙射影"，似乎暗示着他那复杂万端的现实感受。

　　作为一首表面上看只是写了一场夜半驾车遭雨的短诗，为什么会让人在阅读过程中产生如许的联想呢？这就是我们要探讨的诗人在日常生活中经常会碰到的对社会现象"有所思"的问题。写诗固然需有灵感，但灵感的产生并非无缘无故的空穴来风。卞云飞之所以在一场遭雨中突发灵感而进入诗的情境，显然是因为在日常生活中遭遇过某种"突然袭击"有关。只是这种遭遇在习以为常中难以获得诗性的表达和表现。恰恰是一场夜半遭雨的经历，触动了他的内心感受，捕捉到了这一契机。所以他的诗性得到了较好的宣泄，从而写下这首相当不错的诗。这个事实说明，诗人一方面要积累许多日常的生活感受，另一方面需培养起敏感的捕捉瞬间诗性感受的能力。当生活积累同瞬间感受碰撞而产生诗性火花时，才不会错失时机或麻木不仁。

康　泾　本名陈伟宏。浙江桐乡人，祖籍长兴。浙江省桐乡市作家协会主席，浙江省作协会员。在《诗刊》《诗选刊》《星星》等报刊发表诗歌。著有诗文集《稻草人》，诗集《50°》，主编诗集《寻找》。

一枚钉子

虽然是一枚钉子，但我从不
强行占有一块木头
在发挥穿透力之前
我要让木头明白
别迎合尖锐的观点
来填补空虚
也不是为了满足
我对情感的深入
相反，侵占木头身体的一部分
将牺牲我生命中
长长的一截

苇岸赏读：

此诗脉络清晰，逻辑承递，好懂易读。以第一人称书写一枚钉子的"入世观"。"不强行""我要让"，主观视觉的介入构成诗意推进的情感主体，并同时让心智的思考与当下舆情结合，形成劝诫口风——"别迎合尖锐的观点/来填补空虚"，再进深一步，指向深入情感的满足，这带有个人化隐秘经验的交代，给诗歌内容注入丰富元素，产生的多义性正好弥补了诗体单一的缺憾。最后三行里的"侵占"与"牺牲"，把因果报应的警醒提到高度，直接有力。总体看，诗结构完整，构思精巧，中规中矩。

布　衣　原名温云高，1966年生，江西瑞金人，赣南五子之一。在《诗刊》《人民文学》《诗选刊》等期刊发表诗歌作品若干。有诗作入选《2000中国年度最佳诗歌》《2009中国年度诗歌》《中国诗歌精选》等。

更　漏

虫鸣已被露珠洗净。月光之下
群山互换了身子；寂静像一阵烟
飘浮在一条河流的上面。此时
北斗七星像七座菩萨，静静地
看着这美好的人间

我像自己的一个梦境
无声无息行走在更漏中

林荣赏读：

　　这首诗从实到虚，从大地到天空，从客观外在到主观自我，写得很有层次感，且过渡自然，融合恰切。诗中诸如"虫鸣""露珠""河流""烟""群山""更漏""北斗七星""七座菩萨"等意象，让我想到了自然、时间、历史、人世、信仰这几个词，它们似乎瞬间集合在一起，闪现在我的脑海里。

　　这首诗在句法压缩、分行、诗意跨联、节奏感上都有可圈可点之处，在此不做赘述。

芷　妍　居河北唐山，作品见于《诗刊》《诗潮》《中国诗歌》《诗选刊》等。2015年《诗人文摘》年度诗人。

在龙泉禅寺

大殿里光线昏暗，香已燃尽
烟雾尚谈因果
站在廊下的僧人低着头
经幡的影子落在袈裟上，石阶上
我的左手上
它们不说来去
诵经声如蜉蝣
那些祈福牌，祈福条，一层又一层的红色火焰
流淌溢出寺院的边缘
各有所安

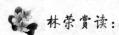 林荣赏读：

　　我特别注意到诗中的这个句子：诵经声如蜉蝣。蜉蝣，具有古老而特殊的性状，是最原始的有翅昆虫。诗人在这里把"诵经声"喻做蜉蝣，可见诗人用心之精细，用心之良苦。细心而形象的形塑和声塑。

　　"人"的介入常常是一首诗的根基。"僧人"在诗中的出现恰到妙处，彰显了诗人诗艺上的机巧。"我"的出现，是诗核的有效载体。"我"心安，则万物"各有所安"。结尾的"各有所安"这四个字传递出来的气息与整首诗的氛围高度吻合，亦有"万法归宗"的外延。

于贵峰　诗人，诗评人，著有诗集《雪根》等。

毫无征兆的下午

大片的紫色
豌豆花
突然在我的脑袋里摇曳着

它是怎么做到的呢

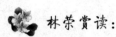　林荣赏读：

　　是啊，它是怎么做到的呢？按着佛学的说法：必有因缘。然而，这缘分又是何因结下的呢？气息相投，气场才可相通。无论人和人，人与自然，还是一个诗人与他的诗。一首诗有时会突然到来，有如神助。

　　这首诗写得相当简洁，却让我想到了有难度的抒情——于贵峰的诗歌语言最大限度地保留了静默而摇曳的属性。

汪　抒　著有诗集《堕落的果子》《夏天的轮船》等。主编民刊《抵达》诗刊。

一阵清风

一阵清风

心头上那陈年旧疤，涣然消释
露出新鲜的痒痒的皮肉
然后完好如初

群峰不动，但它们意志薄弱

　林荣赏读：

　　我把这首诗归为现代禅诗，其字里行间都弥漫着禅意。一阵清风过后，涣然消释了心头上的陈年旧疤，新鲜的皮肉完好如初。这是需要大境界的，没有"举清寂之筏，津渡月海"的境界是不可能做到的。

　　诗的最后一句看似突兀、凌厉，我以为却是整首诗的落脚点所在。群峰和清风相比，轻重悬殊，它们之间的不同不在于外在的形式和躯壳，却在于内在的精神力量和意志的薄弱抑或强大。这实际上还是境界不同使然。

　　悠然采菊，禅意出岫。我们不妨和清风一道，让一颗完好如初的赤子之心回到生命最清鲜本真的无所挂碍之所在。

康　城　本名郑炳文，1972年出生于福建漳州。第三说诗群成员。著有诗集《康城的速度》《白色水管》《东山的风》，诗选集《溯溪》，合作编著有《漳州7人诗选》、《70后诗集》、《第三说》诗刊、《0596》诗刊等。

东山的夜

　　大海是一床棉被覆盖着你的睡眠
　　裸体的鱼群无法入睡，背部的肌肉
　　瘦成刺。

　　失眠就转身翻一次波浪，手是一张网
　　捕捉一定的长度
　　它有更深度的离开
　　成为一座房子的阳台

　　对于渔民来说，鱼群是砖瓦
　　或是一片玻璃
　　大海是不安的发电厂

　　波浪声在你的意识里清醒
　　一颗风动石填住你的全部睡眠
　　致命的触动
　　风，流过，石头迅速复活

　　石头分裂，在白天，1992年
　　在夜晚，它们则往秘密的中心聚集

白鹤林赏读：

居住于海岛或海边的人都是诗人。如果这诗人真写诗，其诗歌在物象洞察力与生命感悟力方面自然得天独厚、胜人一筹。而每一个想当诗人或者已经成为诗人的人，如果你不是居住于海之上或近处，而是内地内陆，可能心中都有一个强烈的关于海的情结——凭海临风或投身大海，写关于海的诗。《东山的夜》，是我读到的一首不可多得的写海的好诗：想象奇特、意境深邃，而又发自肺腑、自然天成。诗歌所写的东山，不是任何其他的"山"，指的就是隶属于福建省漳州市的海岛"东山岛"，是福建第二大岛。因为漳州或福建省内乃至全国各地的诗人常常在此雅集，开展诗歌活动，这里早已成了一个充满诗意的地方。而在那"东山的夜"，漳州籍70后代表诗人康城正是枕着大海宽厚无边的大"棉被"，自由而安静地沉入了诗歌的深海。在失眠之夜以诗为手、为网，开始下海捕鱼——畅游蔚蓝空间去了。在这神奇世界（海洋的和诗歌的），一切胆大妄为的虚构都是合乎情理的。比如鱼群是砖瓦和玻璃，比如石头在海风中复活又分裂……而这一切放纵不拘的心海驰骋，幕后的操纵者都是大海。因为只有大海，它有力量让人类的纷繁万千的想象，向着一个中心聚集。所以诗人康城得出了格言式的佳句："大海是不安的发电厂"——正是诗歌乃至一切文学艺术永不安分、永不停息的电厂，灵感和艺术创造力源源不断的发源地。诗人无论站在大海的近处或远处，都仅仅是无数的观察者中的一个。而在写出关于大海的诗歌之时，我们无须任何一丁点的夸饰与增减。我们需要的只是服从内心，自由而真诚地记录下大海给予我们的启示。

谢耀德 新疆作协首批青年签约作家，作品入选《中国年度诗歌选》
等30多种选集，曾荣获《人民文学》《绿风》等20多种奖项。

秋风吹着寂静的村庄

秋风吹着等待收割的麦子，胡麻
秋风吹着正在吃草的山羊，绵羊
秋风吹过田野，悠悠的茴香
山坡上　粉红的荞麦
和牦牛群深黑色的长头发

秋风吹着麦茬里的村庄缓缓的寂静
秋风吹着牛羊啃过草茎隐隐的疼痛

头顶月光的胡麻和茴香
身披夜色的山羊和绵羊

古老的村庄是今夜的守夜人啊
在群星闪耀的世界里
在星月淡淡的静寂里
像秋风一样内心辽阔，而苍远

🌸 **荷梦赏读：**

　　这首诗沉静而内敛，诗人用平静的笔调给我们描绘了两幅秋风吹拂
下的北疆秋天村野图画。第一节用近乎白描的手法给我们展开了一幅秋
景图，图画上有等待收割的麦子、胡麻、茴香和荞麦，更有悠闲吃草的
山羊绵羊，以及牦牛，带着鲜明的地域特色。短短的五行诗里罗列的物
象不可谓不多。但由于诗人以秋风为线，如串珠子一般把这些意象穿串

起来，整幅画面由近而远，带着香味，伴着色彩，因此读后感觉宁静，意境悠远，没有丝毫的繁杂之感。

从第二节开始，诗歌跳跃转换到丰收后的村庄夜景：被收割后的麦茬包裹着的村庄，喂饱了牛羊的草地，月光下的胡麻和茴香，月色里的山羊和绵羊，群星闪烁的天空，这一切都在不急不缓的叙述中一一呈现。依旧是静，跟前面相比，只不过多用了拟人的修辞手法。不过，这样也洗练了诗歌的语言。但是，如果诗人仅仅是这么单纯地描摹图画，诗歌也就明显地缺乏深度，而显得平庸了。那么，是什么提升了这首诗的深度呢？

"秋风吹着牛羊啃过草茎隐隐的疼痛。"这一句我认为应该是本诗的诗眼。绿草哺育着牛羊，可牛羊除了一味的索取，留给草的还有什么呢？只有疼痛罢？只是，这疼这痛草没有大肆宣扬，所以是"隐隐的"。读着这一句，我仿佛看到，在寂静的秋夜，在恬静的月色中，紧挨着泥土的草茎默默地在秋风中舔舐着白天被牛羊啃咬过的伤口，舔舐那从不外诉的疼痛，然后，用坚韧的根努力积蓄着力量，生长出新的叶脉，再又一个白天里继续喂养着牛羊。

至此，田野与村庄也被拓展出了新的意义内涵，像牛羊啃食青草一样，我们人，何尝不也是这样地"啃食"着村庄，"啃食"着田野？在这里，我宁愿把村庄看作亲人或者家园的象征，而田野自然便是容我们休养生息的土地了，它们都是我们赖以生存的母体。我们一味地向亲人，向土地索取，被索取者，像秋风一样内心辽阔，而苍远。

吴少东　安徽合肥人，中国作家协会会员，作品入选《新世纪中国诗选》《百年新诗精选》《中外现代诗歌精选》等几十种选本。曾获2015年"中国实力诗人"，出版有地理随笔《最美的江湖》、诗集《立夏书》等。

乌拉盖的夜

晚风将草甸推远
乌拉盖愈发辽阔

沙榆托着清晰的星光
悬起的草原比星空浩瀚

手捧蓝色哈达的蒙古族人
用长调劝我满饮烈酒
让我忘记了南方的南

马头琴在呜咽
我揪紧马鬃和姑娘的长发
她们都是今夜的琴弦

篝火中的三只狼
在高蹈在嚎叫
篝火外的一千只狼
在红柳丛中隐匿、观望
黑暗是他们的草原

梦中的套马杆啊
套住低下来的明月，也套住

逃逸的骏马

 周瑟瑟赏读：

少东写作题材广泛，注重个人感受性突破，此诗从草原之夜观照内心世界，从传统情怀走向现代想象，意象系统敞开，清澈透明，画面感极强，有逃逸与鸣咽的双向转换，轻与重，灵与肉，个人与自然，甚至包含了动物之心，全诗与他自身瞬时的真切感受结合紧密，在个人性与天地万物之间建立起一个诗歌审美结构：阐述的、穿透的叙述方式，神话般的故事框架，干净整洁的语言，咏叹调式的内在回旋，收敛自如，如深邃夜空，倒映出他的精神深度。

鲁　丹　湖南省作家协会第八届全委会委员，湖南省益阳市作家协会副主席。作品散见于《诗刊》《散文诗》《星星》等刊物，并有诗作入选多种选本。获第五届井秋峰短诗奖年度奖，著有诗集《世界如此安静》。

亲近一滴湖水

一滴湖水是透明的，
加上一滴，还是透明的，
浩瀚的民丰湖，就是一大滴透明的水，
在民丰湖边，它给我加了一个透明的偏旁。

一滴用来濯洗尘埃，
一滴用来浸泡月光，
一滴用来饲养鸟鸣，
一滴用来储存天空多余的蓝。

更多的湖水要用来平静，
风起浪涌之后，
让我能反复看清自身。

李掖平赏读：

《亲近一滴湖水》以极度凝练的篇幅营构了高度意象化的哲思空间。

诗人将民丰湖水的清透通过感觉的移植与万物生灵相互依存："尘埃"可被其濯洗，"月光"可用其浸泡，"鸟鸣"可用其饲养，"天空多余的蓝"更是可存入其中。丰富的想象与贴切的譬喻共同渲染了曼妙灵动的意境。

正当读者醉心于此之时，诗歌却转而步入更深之境——除却滋养湖畔风光生灵，"更多的湖水要用来平静"，启示观者于风起浪涌之后审视自身。人与自然此时情意相通、彼此欣赏，更显和谐之美、哲思之深。

李金福　男，苗族，80后，贵州雷山人，享受政府特殊津贴。鲁迅文学院25期民族作家班学员，中国散文学会会员，贵州省作家协会会员，黔南州作家协会理事，荔波县作家协会主席。出版有诗集多部。

七彩河

七彩河，七种颜色的河流
在天地间，那是七个梦想，七种命运
带上一种探索的欲望，七个冒险者逆流而上
把生命和风险别在裤腰带
朝向那沟壑、悬崖或流水
直到疲惫的时候，才选择在一块大石头躺下
三月，月亮山下的七彩河在慢慢地沸腾
我看到了它那温柔的一面，也在想象温柔之外
向导说去年五月有两个钓鱼者，在这里被山洪卷走
然后他在叹惜声中沉默
慢慢地我们来到了桫椤谷，桫椤谷是恐龙生活的峡谷
现在恐龙不在了，但它们的印迹还在
一群恐龙曾在这里走过，它们沿河而下
那是一个夏天的傍晚，翩飞的蝙蝠在大峡谷间寻食
它们在扭动河流一样美丽的肢体
从我的想象里飞过
七彩河，一条铺满七种颜色沙石的河流
也铺满了无数个神话，从这里流进珠江，流到大海
最后穿越时空隧洞和星星一起
我们在一片开阔的河滩上劈柴、烧火
像童话里的遥远异乡人、我们开始了七彩河的夜
我们用一千零一夜的神话篇幅
在这里寻找自己心中的那一片"亚欧大陆"

去勾勒出远古的神话，和那蠢蠢欲动的脚步
在想象七彩河深处，那些远古的水手或船夫
是怎样载去我那流光溢彩的青丝
又是怎样去触摸山海尽头潮汐的起伏
将我们的梦想和希望带给远方的朋友
最后我们喝着美酒、吃着七彩河里的鱼
等待回家的星星，睡意穿过七彩河边那高大的峡谷
此时我的梦，在峡谷之外

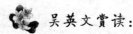

吴英文赏读：

　　李金福的诗歌语言通透空灵的而又富于蕴涵，他对世界较为独特的艺术感受力使他在日常生活中猎取宝贵的艺术养分，并由此开启了精彩的诗意之旅。就《七彩河》而言，这个旅程是映衬在广阔的自然景象和丰富的诗人情智中的。其中流动着人、事和时间，流动着伸向远方的渴望和一步步坚持着抵达精神圣地的足迹，诗人的敏感、智性和意志在自身及诗歌之上建立了一个全新的精神世界。在这个世界之中，大河、峡谷、大海，探险者、恐龙、现实中的人们，在远古的神话和现实世界的叙述中交替呈现，难辨虚实，生动而又空灵，平凡而又让人敬畏。在虚实交融，动静纷呈中，生命的形式获得了一致，神秘的自然与普通而感人的民间生活获得了一致。在诗意的流动中，所有的自然存在都是生命的河床，而大地上芸芸众生都是诗情的孕育与艺术的馈赠。因此，受到这样一种氛围的熏染和引导，我们感受到诗歌中精神力量的广阔辐射。

　　《七彩河》中，我们可以明显地感觉到，诗歌像一盏灯和一双眼，在诗人纯粹的心灵映射下，带着我们穿越时空，忘却现实，仿佛置身于远古的神秘境地，又好似徜徉在现实的桃花源。诗人通过诗歌，引导我们去看见那些平庸的视线所不能看见的、隐藏在司空见惯的自然景象中的生命场域，"天、地、人"三者之间充满诗性的瞬间和事物得以紧密联系和交织，由此开辟了一条表象与内涵之间的审美路径。这条路径正是在人和自然，诗歌和语言的对话、互渗中体现出来的。在这里，形

象世界与精神世界、诗性与日常现实之间，诗人的灵魂完全与七彩河及其所构成的意象场域浑然一体，诗人用他纯净的心灵和通透的眼睛，游栖于河流、山川、大地、天空，感受大自然馈赠的清风、美食，在远古的想象和现实的生活中来回穿梭，尽情做着美梦，感受生命的久远、神秘和美好。诗歌既贴近眼前事物，又表达深层的内涵，在表象的轮廓里发现丰富的内在哲思和生命气息，使得这首诗歌获得了一种普遍而又独特的艺术张力。

翁德汉　浙江温州人，浙江省作家协会会员，温州市瓯海区作家协会主席，有诗文发各类报刊，出版诗集《冬天最后一滴眼泪》和散文集《谁的眼泪在飞》。

公　路

公路是个丑陋的存在
入侵大山
破坏准则
有的人高兴了
有的人难过了

对公路
还是对汽车有怪异的感觉
没有公路
我也欣赏不到变异后的风景

不用走
路也开始多了

张炎赏读：

　　"世上本没有路，走的人多了，也便成了路。"公路则是人类创造世界后，所展现出来的公用道路，价值不言而喻，一定程度上代表着时代的更替和技术的革新。但是诗人反其道而行，将公路放置到森林、环保、生态同一个场域中，进行解读和评判。

　　第一段中，诗人用"入侵""破坏"两个动词，来强化公路的丑陋程度。公路的出现让一部分人享受到了既得利益，心满意足，但是对于崇尚自然、注重环保、重视生存环境的保护主义者甚至普通民众来说，

公路所换来的代价实在太大，内心难免抑郁和难受。翁德汉是情感浓郁的诗人，在诗句中使用如此突兀的动词，一定程度上影响到了诗句的美感，但是有助于情感的直接表达，他的愤怒就像上升至火山口即将喷发。

第二段中，诗人在既定语境中，将公路的功用以及公路所带来的风景进行了强化展示。公路"人工"痕迹明显，沿途风景"变异"，都不受诗人待见，他认为非常怪异，缺乏自然美。

第三段中，短短两句，思维发散，极尽升华。罗马城不是一天就能建成，但是条条大路通罗马。诗人认为，人心中只要情感和审美情趣在，追求的道路就会越来越广，越来越多。

缪立士　男，中学教师，浙江省作协会员。有组诗发表于《诗刊》《诗歌月刊》《延河》《诗探索·作品卷》《江南诗》《诗潮》等，入围华文青年诗人奖。

如果你来了

我已学会烹饪法，懂得
如何把乏味的日子烧成可口的菜
如果你来了，我会喊住门前的清风流云
为你除烦去躁
夹几粒鸟鸣为你舒筋活血

如果你心情不错
就在屋后的南山种上几棵竹树
在有月亮的秋夜相依而坐
任飒飒的风把我们吹入梦里

茫茫人世，我爱的不多
除了几个亲人和亲手写下的诗句
下一个百年　不管谁和谁相逢
我只愿今生与你相知相遇

望疯赏读：

　　《如果你来了》或许只是一首情感表白的爱情诗歌。我们无须用复杂的心态和眼光去阅读她。

　　在第一节里，单就"我已经学会"和"如果你来了"这几个字词，我们就可以看出诗人的内心状态，惭愧和希望并存，这正是失去之后又渴望得到的一种情感表白。无论是可口饭菜还是清风流云，都只是一种附庸，我们只需要找到诗人的内心状态即可。

第二节很自然的就是诗人对希望获得的美好的一种幻想了，是诗人幡然醒悟后的一种理想归属和选择。

第三节，"茫茫人世，我爱的不多/除了几个亲人和亲手写下的诗句/下一个百年不管谁和谁相逢/我只愿今生与你相知相遇"。爱得不多，也就是说爱得很简单，能够和你相知相遇，简单而质朴地生活在一起，这就是生活的最幸福解释了。

《如果你来了》在简单当中解释复杂，在复杂当中解释生活，在生活当中解释爱和我们存在状态，令人佩服。诗歌是语言的极致表现，反过来说，语言其实就是诗歌的骨骼、血液，以及厚实的肌理。整首诗语言隽永，质感并极富张力，足以给人爱的彰显，给人以心灵的涤荡，回味于真实和遐想的浪漫情怀当中。

吕建军　1980生。甘肃秦安人。中学教师。诗歌散见于《诗刊》《星星》等刊，入选《汉诗300首鉴赏》《中国当代诗人代表作名录》等选本。

断　墙

梨花开尽。风越来越缓
草尖之上，狼烟沉入时光的河底
几块断墙
像一堆堆风化的兽骨
在葫芦河之西，它显得异常突兀

没有人探寻它死如灰烬的历史
即便是夏天，它荒残的阴影
像鹰撕裂出的孤独
仍能透出瘆人的凉气

箭镞生锈
塌陷的废墟
定有一条汹涌的河流
长流不息

谁曾是这里的王？
谁曾在剑刃上走失了马嘶和铁蹄？
——走失了这铁打的江山

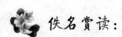 **佚名赏读：**

　　这首诗发于诗刊2017年第7期下半月刊《山堡子》组诗中的一首。深居黄土高原的人们对黄土夯筑的堡子并不陌生，这些被人力加持，重

新扶起的黄土曾经多么巍峨地镇守着一个个村庄的安宁。如今只是一些历史的遗物，甚至变得越来越多余和陌生。诗歌用梨花、青草这些春天生出的新鲜事物来阐释古老的断墙，用河流、风等流动不绝的词语暗示出断墙的凝然不动。要不是这些安静的黄土站出来，要不是它浓重的阴影的某种指向，如何能在这片平凡的土地上切入纵深的历史呢？正是这一截突兀的断墙像一个异样的词汇，打破了自然风景平静的叙述。一截断墙所记载的历史已被流逝的时光荡涤无存，但是，诗人却因其而驻足，他要从这儿读出什么毕竟是徒劳的，但孤独和历史的剑气却是永恒的。是的，必定有一条汹涌的河流，一条暗藏在事物背后的河流，让诗人和读者都在这儿心生黯伤。

李　进　1983年生于安徽安庆，2001年开始诗歌写作。

午夜蝴蝶

无数蝴蝶在暗夜时隐时现
翅膀的振动让这个时刻
更加无声、空、无处可抓

依附于白昼和黑夜存在
无形的，或具体的
在日出时剥落、融化
在日落时萌芽并飞速生长

泛着凉意的磨盘开始转动
搅动着照片、活动的人、陌生的话语
所触及的一切即景
凝固成一个字或一句话
并根据湿度每晚变化
爱、生死、痛苦、你

剪刀用于断开初生的最后羁绊
却剪不开这花开时节的喧闹，和
万籁俱寂的下一刻

江耶赏读：

　　时间无始无终，时间一直都在。看不见摸不着的时间，似乎决定了一切，很多人，很多诗人，在触摸，在追问，在雕刻，想把时间落实。

　　蝴蝶出现在暗夜，没有光芒来照亮，似乎要隐去它们在人们视域里的最大优势。诗人捕捉到了它们，它们此刻不代表美丽，它们用翅膀振动，让一段时间"无声、空、无处可抓"。

抹去时间的痕迹，只是诗句的表面。诗歌的价值在于呈现出诗人独到的发现，在另一个维度上赋予与我们紧密相连的关切。在这里，蝴蝶飞出，打开了广阔的空间，也进入了"白昼和黑夜"，时间渐渐有了具体的质感，"剥落、融化"和"萌芽并飞速生长"，形象化地凸显出来。

不仅仅如此，蝴蝶打开了通道，"搅动着照片、活动的人、陌生的话语"，似乎就此切入了主旨，气氛生动起来，众多事物近到了眼前，有了具象的意义，仿佛伸手可触。它们介入我们的生活，与我们的感觉和认识发生了关联和对应，形成了"爱、生死、痛苦、你"，有认知，有感情，对精神，对身体影响深刻，使我们久久难忘。

时间驰而不息，也可以说是在不断重生。重生当然建立在原来根基、根本之上。线形的延伸从来不可割裂，即使是一个一个独立的事物，它们也是与普遍联系的世界密不可分。所以，"剪刀用于断开初生的最后羁绊"，新生事物看上去可以完全独立，彻底断开。不过，它剪不去来时的路，剪不去曾经寄身的枝丫。

诗歌是智慧的，仿佛哲学，其间蕴藏着世间道理和人生的况味。在深夜，在"万籁俱寂的下一刻"，在结束的位置树立起高度，成为一个巨大的容器，正在包容整个世界，包容下奔腾的所有流动，包容下死去和新生，包容下诗人所有观看和思考。

你看到的，就是时间的标记。这是我读到最后所想到的。我们的文字，我们所做的所有努力，只是努力在时光中留下痕迹，在无涯的时间线条上做出标记，使它成为你的，我的，我们共同的。

李成恩 80后作家，纪录片导演。现居北京。著有诗集《汴河，汴河》《春风中有良知》《池塘》《高楼镇》《狐狸偷意象》《酥油灯》等，以及随笔集《文明的孩子》《写作是我灵魂的照相馆》等10多部。

黑暗点灯

世上有多少黑暗
我就要点多少灯

高原有多少寺院
我就要磕多少头

人呀
总要学会
向高原跪下
总要学会
把油水浸泡过的心
拿出来
点灯

卢辉赏读：

诗歌创作的"设定法则"往往有一种让诗人也好、读者也罢被"逼上梁山"的感觉。设定法则对写作者而言，考量着你的理念"悬空"（设定）之势是否只是一次理念高蹈，而不是一次精神与经验的外化；对读者而言，设定法则的理念"悬空"（设定）是否只是一次理念噱头，而不是一次触手可得的精神牵引。为此，以这样的双向标准来衡量李成恩的《黑暗点灯》，我们可以从中找出这个诗歌文本为我们提供的有效佐证。先看头两节："世上有多少黑暗／我就要点多少灯""高原有多少寺院／我就要磕多少头"。很显然，头两节都是设定，但它们是渐进式的，从黑暗到点灯这是设定的总题，从高原到寺院，再从寺院到磕头这是设定的分题，设定的渐进性为诗人下一节的经历与经验、历练与感悟埋下不至于高蹈与悬空的伏笔。果不其然，"人呀／总要学会／向高原跪下"，第三节的起句，既是按照设定的理念之意走的，更是顺着诗人实地、在场的实际与心迹而前行的，当诗人最终亮出"总要学会／把油水浸泡过的心／拿出来／点灯"这盏灯之时，所有的悬空、噱头、高蹈的设定理念都一一着地，读者仿佛在接受一次精神与经验"外化"（心灯）的洗礼！

李美贞 女，诗人、摄影师。现居北京。曾任新华社编导，现为北京某影视传媒公司艺术总监。有作品收入《2017年中国诗歌排行榜》《读首好诗，孩子晚安》等选本。

鸭 子

一只瘸腿的小鸭子
被鸭贩子遗弃
我小心翼翼地
将其颤抖的身体捧在手心
带它回家

我用竹筐为它
搭建一座房子
它睡在棉花铺垫的床上
像依偎在妈妈的怀抱
温顺而美好

我教它走路
教它玩耍
轻声对它说
我会永远保护你
它的伤在快乐中痊愈

它消失的那天
任凭我的哭声再大
也没能融化鸭贩子的心

爸爸说他们是把小鸭子

带回鸭妈妈身边了
我信了
那年，我5岁

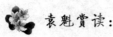 袁魁赏读：

　　李美贞的文本体现了她温柔可爱天真美好的品质，但不乏女人所特有的那种细腻与警惕，她是个需要被人呵护的娃娃，这才符合她的天性。我偏爱《鸭子》，因为里面的天真无邪，是装不出来的。

林新荣　中国作家协会会员、瑞安市作协主席。曾主编出版《中国当代诗歌选本》《中国当代诗歌赏析》《震撼心灵的名家诗歌》《快乐心灵的寓言故事》等。

山 中

每次遇见
我的眼里满是橘瓣、橘汁
与暖色的暧昧
你隔空投置的目光像一段绯闻
一段传说
之间的青山碧水，绕着一层层雾霭
荒径中的细泉，泉中的冲刷
哦，两段不同时光
同时委身栈道下的涧水
从耳郭开始，到脖子到月亮的手
目光的撕咬
火星四溅
为不至于窒息
我们去听一场钟磬
我的心是一座小小的城
现在：鸟鸣啁啁，星光安然
一截情愫让岁月的轮回
更加虚无

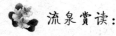 流泉赏读：

《山中》是诗人林新荣对以往诗写风格的一次颠覆，在诗意表达上一改原有的"清澈""空灵"，显得更加"繁复""内敛"。我为他的

这种变化感到惊奇。事实上,一个好诗人总在不断颠覆和突破自己。诗题《山中》,无疑这山就成了一种"遇见"的背景,而山中的一切,包括"橘瓣""橘汁""雾霭""荒径""细泉""鸟鸣"等等,都为这样的"遇见"做了很好的隐喻性的铺垫,从而为诗意的外延设置出更多释放口及诗意的指向。至于诗人究竟遇见了什么?可以是爱情,也可是人生某个偶然的片段。"两段不同时光/同时委身栈道下的洞水/从耳郭开始,到脖子到月亮的手/目光的撕咬/火星四溅",在这里,我们不仅读到一种"热烈",而且读到了一种不太确定的由时光和经历带来的深重的人生之况味。"我的心是一座小小的城",在这座小小的城里,诗人容纳了太多的际遇,有"暖色的暧昧""目光的撕咬",有"鸟鸣咽咽,星光安然",但一样充斥着虚无的"岁月的轮回"。在我看来,诗人在山中的遇见有美好和令人欣喜一面(压抑中的突然释放与爆发),当然也少不了来自于对山外尘嚣的疲倦和无奈,"虚无"会在不经意间常常袭来。尽管,如此"含混"的具有多重诗意走向的表达,有时会令我们的读者陷入"无所适从",但只要我们哪怕找到其间的某一个"切点",就不难窥见蛰伏在其文字背后之"隐秘"。看上去非常内敛的一首诗,却处处见情绪见波澜。或许,这就是《山中》所要给我们的"抵达"吧。

少　年

当我与一位小学同学相遇
从她话语中带出的不仅是海
是比海更广阔深邃的心情

你看:当一面国旗升起时
它升高的绳索在你我的手中,簌簌的
寒风里我们的脸
比值日的袖章鲜活

这时你一定看到了
我的固执、我的认真
那位没戴红领巾的
高个子在不停地挠头发
它穿过时空，伸过来一只手
从地上，捡起一枚校徽
"马屿区中心小学"七个字
还在岁月里耀着光芒
拔出萝卜，带出泥呀
第一次写生
是对着一个瓦罐
与两个苹果
那次比赛我得了全校第二名
至于你送我的小刀片
因为锋利，我像一支铅笔一样
时时惦念着，它一定还紧握在
岁月的那一只手里——
这一只手，不用那么用力
就拔出一个小小的萝卜——
它带出的泥巴，分明是一片欢喜的海

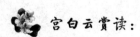

宫白云赏读：

  林新荣是位内敛成熟的优秀诗人，除了写诗还主编各种诗歌年选，为诗歌的繁荣不遗余力地奔忙。他的诗歌写作自有自己独特的风格，诗感从容，内涵丰蕴，不刻意所为，通常都是借重意象来表情达意与抒情，颇有真情的意味与构图之美。这些从他的这首《少年》中都能体现。相信很多人都有难以忘怀的少年时光，在蓦然回首时给人以心灵的欢喜与慰藉。林新荣的"少年"带给我们的就是如此的感觉，通篇语言明如白话却又比一般白话更高一层的透亮与深邃，时间与空间的跨越转换自然，具有丰富的表现力和感染力。诗人巧妙地从一次与小学同学的"她"的"相遇"那一刻写起，带出少年时光满满亲切的回忆与回味……一个个画面交融着诗人时光中漫长的心境，纯粹，美好而略带岁月的忧郁，充满了纯真的情感。不经意间就把读者拽入自己的少年时光，它让每个人都退入自己的内心，感觉那亲密的、亲切的味道，而我们也会在这样的诗歌里，无意中发现无数纯真的瞬间虽经历漫长的时光浸染，依然保留着那些鲜活与生动。这样的诗不仅仅只是回忆与回味，还是巨大的心灵净化，甚至在一定程度上还是治疗性的净化，在物质的时代，找回干净的心灵，这就是"少年"的意义所在。

张小姐的小

张小姐的小
是不劳而获的小
张小姐的小
是小巧玲珑的小
是小学的小
张小姐说自己见过的男人
比她还要小
是小不点的小
是小玩意儿的小

 流泉赏读：

　　读《张小姐的小》这首诗是会掉眼泪的，寥寥数行，七个"小"极尽了张小姐的"小"，这是有故事的"小"，有痛和眼泪的"小"，这是小人物生活在社会底层"沉浮"和"挣扎"之中的"小"。这个"小"，"小"出了命运，"小"出了一个社会大问题。诗人在描摹张小姐的"小"时，平行式的若干个"小"都饱含着一个不小之内蕴，比如"不劳而获的小"，交代了职业；"小巧玲珑的小"既是生理上的小，也是无力与现实抗争的小；小学的小是文化程度，小玩意儿的小是卑微、卑贱……凡此种种，都可延伸出诸多沉重的想象和思考。诗中，作者通过各种"小"，倾注了对社会现状的人文关切，同时，表达了自己强烈之忧思。一个"小"字道出了万般无奈，深刻，富有内力。这也是我读到的林新荣不多的一种写法，但我喜欢。喜欢它内敛中所包容的痛，喜欢它悲悯的情怀，喜欢它借此对社会之"叩问"。总之，我喜欢这样有担当有责任感的诗，毫无疑问，这是作为一个诗人的胸怀。

12点钟，夜生活才刚刚开始，凌晨时
王小姐入眠了

一缕熹微的光线
踱进房间
盖在她的足趾上
接着探首到腿上
腰上、裸露的手臂上
晨风动了动窗帘
现在光线
跃到她秀气的眉目上

刚从混乱中回来的
王小姐　在梦中
把遮掩的手臂移开
这样
室内
一共有三束淡蓝的光线照耀着

接下去

会发生什么呢，这时
光线却暗了下来

雪克赏读：

毋庸置疑，我心目中的好诗人是必须具备悲悯情怀的，且这种情怀是不应该带着任何倾向性的取舍的，唯如此，他笔下的诗歌才是烟火人间的、人道的。读完林新荣的这首诗，我脑子里首先浮现的，就是上面这句话。

回到本诗，诗人选取的材料另类、并且危险。另类指的是诗中的主角；危险，说的是诗歌套路。但显然，因为诗人的切入角度别致，这首诗就新了、活了。林新荣抓住"梦中的王小姐"这个点，耐心地、层次分明地状写她的睡姿、睡态，把一个可能活法并不光鲜的王小姐，写得温馨和暖、可人性感，或者简单地说，在诗人眼里，凌晨睡着的王小姐简直就是美丽的化身，——而这，恰恰是受众在阅读时脑子里生成的美好想象——诗人所要达到的目的，因其生动、质感而完完全全达到了。

如果诗歌至此结束，也无不可，只要你写出自己的东西，读者是可以接受的。但林新荣不着痕迹地、顺势地宕开一笔，开掘出了这首诗的深度，"接下去/会发生什么呢，这时/光线却暗了下来"，近于自言自语的三小句，带出很强的冲击力。原来，诗人所有的美好的铺垫，都是为了在最后把她撕碎，撕给我们看。读到这里，我们觉得诗人好狠，那种诗艺上的狠；觉得诗人是一个大好人，那种对美好的眷恋、流连以及被激发出来的某种愿景。如果一定要问诗人为什么同情王小姐，那我告诉你，因为王小姐首先是一个人、一个漂亮的女人！至于这女人所干何事、该不该去干，我把尼采说过一句话送给你：生活不是论据；生存条件也许原本就有错误。在一首因美感引起痛感、人性弱点与光辉并存的诗歌面前，我认为，我们沉进诗歌里面，比站在旁边指手画脚做道德评判更好！

近景或第二天

当静谧走了，孤独
自头顶植入

我所想的是
怎样打开灵魂
在一张摇椅上
自由地晃荡
他的前后左右
都是人

灵魂耷拉着
肉体进进出出

夕阳通过落地窗
照了进来

辛泊平赏读：

　　在我的诗歌阅读中，时不时出现这样的感受，一些诗歌描写的场景似曾相识，而它的语义却晦暗不清，我无法做到清晰诗人的意图，无法做到明了诗歌的走向。然而，这些诗却是那样留在记忆中，挥之不去。比如顾城的《墓床》，比如张枣的《镜中》，还比如林新荣的《近景或第二天》。

　　"当静谧走了，孤独／自头顶植入"，一般我们理解孤独，都是内在的状态，而在林新荣笔下，孤独有了外在的动力，它似乎是世界强加给人的一种情绪。接下来，诗人描写了一种日常的场景，一个人在摇椅上自由地晃荡，这似乎又是一种人生的况味，自足而又惬意。然而，诗人接着又写，他的前前后后都是人。平衡的状态再次被打破。这前前后后的人是否正是诗人感受到的自头顶植入的孤独，我们不得而知。

我们知道的是，诗人在思考灵魂打开的方式。这种内在的心理波动，似乎是在回应开头的突兀，又仿佛是在自言自语，并没有听者。然而，诗人却看到了灵魂的样子——它耷拉着，而肉体进进出出。灵魂耷拉着，肉体进进出出，这似乎又是死亡的基本状态。可以这样说，这首小诗是带着玄学味道的，它犹如飘在天空中的一片云，遥远而又迷离。

是的，我一直在说似乎，说仿佛，因为，这首诗给我最大的印象便是这两个词。但最后，诗人让夕阳照进屋子，一切又有了现实的质地，于是，虚便有了接应，实便有了升腾，自然而然，浑然天成。

肉　案

　　一个眯缝着眼睛的猪头
　　被劈成两半
　　人世的喧嚣
　　对它已无意义还是不屑一顾
　　它的肝，它的肠，它的肋骨
　　被分置在案边，一个大婶把它的一大块股骨
　　剁走，后一分钟，心也被买走了
　　它依然无动于衷
　　——"一头被松弛了筋腱的猪"
　　此时，一把尖刀，两把剁刀
　　就放在案板上——
　　——不睁开就是不睁开
　　——但为什么，我的心怦怦直跳

 　林荣赏读：

　　这是一首让我颇有心惊肉跳之感的诗作，几乎通篇散发着血腥的气息，但也正因为其中的冷冽和暴力更反衬出诗人骨子里对于生命的爱和悲悯之情。诗人以真切、具体的叙述，体现出诗人内省的品质和反讽的锋芒。尤其诗歌的结尾句更是引人深思："但为什么，我的心怦怦直跳"，是啊，为什么呢？

人之初，性本善。但也有人说：人是万恶之首。难道不是么？

万物平等么？众生平等么？这个弱肉强食的世界会有真正的、完整意义上的平等么？很多时候，人同眼前肉案子上被劈成两半眯缝着眼睛的猪头有何差异呢？

整首诗中，富有画面感的语言相当简洁、干脆，恰到好处的韵脚使整首诗很富有节奏感。

天籁或短歌

雪野里的石头
电线杆上的小乌鸦聆听

 林荣赏读：

首先，我想说的是，此诗的诗题是整首诗不可分割的一部分，与下面的两行诗一起，化若无痕地融合为一个有机整体。正如此刻，我们是在读一首两行诗，也是在聆听一曲来自诗人内心深处和大自然的天籁之音。

这首诗有很强的画面感，且这幅画是立体多维的。"雪野"给人一种空旷感、纵深感，让人由心底生出一种对大自然的敬畏之情；雪野里的"石头"虽然是冷冰冰的静物，但因为有了小乌鸦的聆听而变得鲜活生动起来，彰显出了自然界和谐共生之美妙。雪野上突兀而立的"电线杆"暗示着人的介入，象征着社会的发展和进步。

雪野里的石头在唱歌，电线杆上的小乌鸦在聆听，这一切的一切不就是一个自足的、天籁般的世界么！而这个天籁般的世界不也正是一个能让人安静下来，仔细打量世界并自我获启的场所么！

这首两行诗让我记起了诗人、评论家陈超先生的话："诗之所以从语言中脱颖而出成为高贵而难能的艺术品，就是因为诗人拥有卓异的'构造和技巧能力'"。"诗是一道被技艺护持的生命泉涌。"陈超先生对于诗和诗人的评价是准确的，诗人林新荣和他的这首两行诗恰如是。

相　遇

这一滴雨滴　天籁般
打入花心
悸动的杯里
盛满全世界的洁
使花不堪承受的是
这凉的火热
莹洁中的醒
梦中的水晶
使花中的嫩茸
开始了红晕
一颤一颤一颤
小小的茎
把大地震动

 辛泊平赏读：

　　林新荣的《相遇》是一首以细节写出风暴的小诗。一滴雨从天而降，落入花蕊之中，扰动天地，扰动人心，于是，世界的圣洁、火热，以及生命的感受，凝聚在眼前的一滴水里。此时，无声即是风雷，沉静即是生长。一花一世界，生命的奇迹就在所有敏感的心灵之中，生命的力量就在沉静的相遇之时。可以这样说，诗人从熟悉的场景中发现了世界的秘密，洞悉了天地万物的生命哲学。正因如此，这首小诗才有了让人惊艳的力道和深度，有了超验的感受与通达。